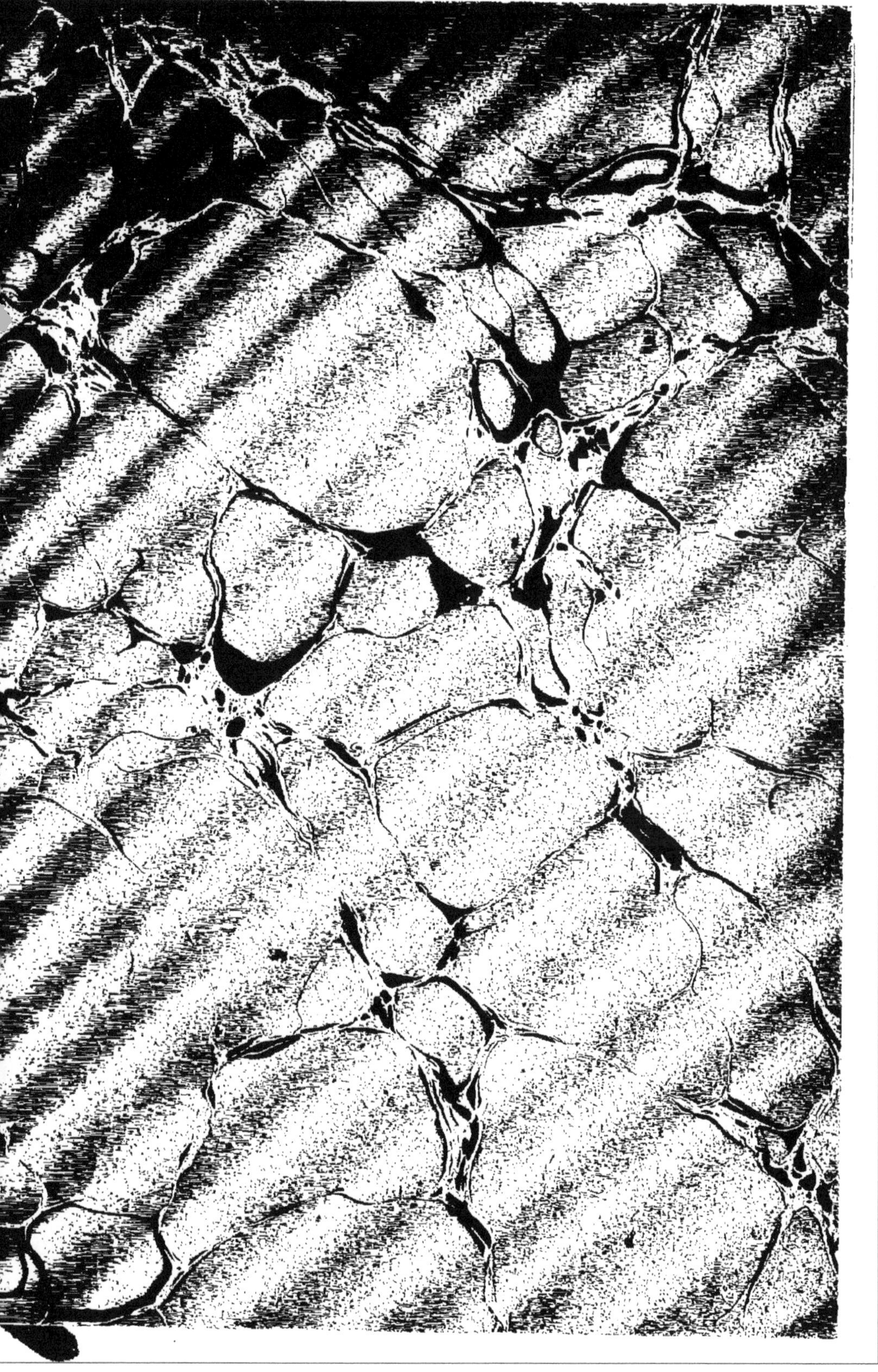

LUDOVIC HALÉVY

DEUX MARIAGES

PARIS
CALMANN LÉVY, ÉDITEUR

1883

DEUX MARIAGES

Il a été tiré de cet ouvrage
50 exemplaires sur papier du Japon
tous numérotés.

PARIS. — IMP. DE LA SOC. ANON. DE PUBL. PÉRIOD. — P. MOUILLOT

LUDOVIC HALÉVY

DEUX MARIAGES

UN GRAND MARIAGE
UN MARIAGE D'AMOUR

PARIS
CALMANN LÉVY, ÉDITEUR

1883

UN

GRAND MARIAGE

UN GRAND MARIAGE

PETITES NOTES D'UN JOURNAL DE JEUNE FILLE

25 novembre 1882, quatre heures.

Ce matin, à dix heures, j'étais en train de m'escrimer contre la sonate 25 de Beethoven, lorsque la porte s'ouvre. C'était maman! Maman réveillée, maman levée à dix heures! Et non seulement réveillée, non seulement levée, mais habillée de pied en cap, avec un manteau sur les épaules et un chapeau sur la tête!

Je ne me souvenais pas d'avoir vu maman debout à pareille heure. Elle ne peut jamais arriver à Sainte-Clotilde, le dimanche, avant le milieu de la messe d'une heure, et, l'autre soir, en riant, elle disait à cet excellent abbé Pontal :

« Notre chère religion, monsieur l'abbé, serait une véritable perfection, si vous nous donniez une messe à deux heures... On reculerait d'une heure les concerts du Conservatoire. Cela nous ferait, en hiver, des dimanches délicieux. »

A cette apparition de maman, moi, stupéfaite, de m'écrier :

— Tu sors, maman?

— Non, je rentre.

— Tu rentres!

— Oui, j'ai eu une course à faire ce matin... Des laines à rassortir pour ma tapisserie... Tu sais... ce bleu qui est introuvable.

— Et tu l'as trouvé?

— Non... non... mais on m'a promis de chercher... et j'espère bien... Demain ou après-demain au plus tard... on doit m'envoyer...

Voilà maman qui s'embrouille dans son discours, et qui, péniblement, après des détours laborieux et compliqués, finit par m'annoncer que nous allons le soir chez les Mercerey... On devait y faire un peu de musique... Maman savait eela depuis trois jours... Elle avait oublié de m'en parler.

Je ne bronchais pas. J'écoutais maman, je l'examinais attentivement et je me disais :

— Qu'est-ce que c'est que tout ça? Cette sortie dès patron-minet, ce rassortiment de laine bleue, cette soirée de musique chez les Mercerey... Elle barbote, maman, elle barbote!

Et je la laissais barboter, sans souffler mot. Son allocution terminée, maman fait une fausse sortie, comme au théâtre, puis revient, et me dit avec un air d'indifférence :

— Quelle robe comptes-tu mettre ce soir?

— Ce soir, maman? Mais je ne sais pas... ma robe grise... ou ma robe bleue... ou ma robe rose...

— Non, non, pas ta robe rose... Mets ta robe bleue... Tu étais très bien avant-hier, chez ta tante Clarisse, avec ta robe bleue... Et puis, ta robe rose, ton père ne l'aime pas, et comme il doit venir ce soir avec nous chez les Mercerey...

— Papa chez les Mercerey!...

— Eh! bien, oui.

— Et il sait qu'on fera de la musique?

— Il le sait ; mais qu'y a-t-il d'étonnant à cela?

— Rien, maman, rien du tout.

Là-dessus maman s'en va, pour tout de bon, sans fausse sortie. Je reste seule. Alors, sans une minute d'hésitation, je me dis :

— Il s'agit d'un mariage. C'est pour me

montrer à quelqu'un, et c'est pour cela que papa est obligé de marcher.

Papa, ce pauvre papa se laissant traîner par maman à une soirée où l'on devait faire de la musique!... C'était le monde renversé! Papa qui, le soir, ne peut supporter que trois choses : le club, l'Opéra au moment du ballet, et les petits théâtres, les théâtres où l'on rit, les théâtres où l'on s'amuse; les théâtres où nous ne pouvons pas aller, nous autres; les théâtres où je passerai ma vie, quand je serai mariée.

Oui, c'est pour une entrevue, j'en suis sûre. Et ça doit être quelque chose d'ébouriffant, car maman, depuis ce matin, est dans un état, dans un état, dans un état!... Elle n'a pas déjeuné. Elle ne tient pas en place. Elle a écrit à Mme Loisel pour la prier de venir *elle-même*, ce soir, me coiffer. Elle a passé minutieusement l'inspection de ma robe bleue. Elle me regarde et m'examine avec une attention toute particulière... Elle a laissé éclater un véritable désespoir, en découvrant qu'il y avait une légère avarie dans ma délicieuse personne.

— Qu'est-ce que tu as là? s'est-elle écriée.

— Où ça, maman?

— Sur le bout du nez.

— J'ai quelque chose sur le bout du nez?

— Oui, une affreuse estafilade.

Un peu effrayée, je cours à une glace. Je respire... Ce n'était rien du tout. Un coup de patte de Bob et une toute petite marque rose, déjà presque effacée. Il n'en restera rien ce soir. Cette petite marque rose prend aux yeux de maman les proportions d'une hideuse blessure. Jamais le bout de mon nez n'avait été l'objet d'une aussi touchante sollicitude. Maman m'a obligée à passer la moitié de la journée, immobile dans un fauteuil, avec des compresses d'eau fraîche, plantées comme une paire de lunettes sur ledit bout dudit nez.

Pauvre chère maman, elle a un tel désir de me voir mariée! Et cela est si naturel! Elle a été très belle, maman; elle fait encore beaucoup d'effet, le soir, et ça ne l'amuse pas d'avoir à trimbaler dans le monde une grande bécasse de fille à marier. J'en suis moi-même toute chagrine, je sens que je la vieillis, et dès que nous arrivons quelque part ensemble, le soir, crac, tout de suite je la lâche et je m'arrange pour la rencontrer le moins souvent possible. Nous faisons nos petites affaires, sans nous gêner, chacune de notre côté.

Pauvre chère maman! Elle est si bonne! Il y a de mauvaises mères qui bousculent leurs filles et les condamnent à se marier, en cinq minutes, à l'aveuglette. Telle n'est pas maman.

Elle sait que je suis résolue à ne pas me décider à la légère. Ce n'est pas une petite affaire que le mariage! Si l'on se trompe, c'est pour la vie! Cela vaut la peine qu'on y pense. Je veux faire un mariage sérieux. Il ne s'agit pas de s'amouracher à première vue d'un monsieur blond ou brun et de dire à sa mère, le soir, en rentrant : « Maman, voilà celui que j'aime! Maman, voilà celui que je veux ! » Non, il ne faut pas s'emballer... Et je ne m'emballerai pas!

J'ai déjà refusé, au printemps dernier, cinq prétendants fort acceptables, mais qui ne m'offraient pas cependant tous les avantages de naissance, de fortune et de situation dans le monde, auxquels il me paraît que j'ai droit de prétendre. Dans ma campagne de cet hiver, je montrerai le même calme et la même prudence. Je n'ai pas encore vingt ans. Je puis attendre.

Depuis ce matin, d'ailleurs, je suis contente, très contente de moi. Je n'ai pas été gagnée par l'agitation de maman, et aujourd'hui, comme à l'ordinaire, tranquillement, froidement, je mets au courant mes petites écritures.

Le jour où j'ai eu dix-huit ans, sur la première page de ce cahier, strictement fermé à clef, j'ai écrit ces simples mots :

MON MARIAGE

Et déjà ils sont cinq couchés dans la poussière! Ce soir, j'en suis sûre, c'est le tour d'un sixième candidat. Est-ce enfin celui-là qui est destiné à devenir mon très humble et très obéissant seigneur et maître?

Qu'il se prépare, en tout cas, à passer l'examen le plus sévère et le plus minutieux!

Je ne suis pas comme maman, moi! Je ne perds pas la tête!

26 novembre, quatre heures.

Je ne me trompais pas... C'était bien le sixième!... Mais procédons par ordre, et notons par le menu les événements petits et grands de la soirée d'hier.

Après le dîner, nous montons nous habiller, maman et moi. J'y mets du temps et du soin. Je m'applique enfin, je dois en convenir... Je ne redescends qu'au bout d'une heure et demie... Sur mon chemin, au retour, je trouve toutes les portes ouvertes, et pendant que, sans bruit, je m'approchais du petit salon, j'entends papa qui disait à maman :

— Alors vous croyez qu'il est nécessaire ?...

— Absolument nécessaire... Songez-y donc. Votre présence est indispensable...

La tentation était trop forte. Je m'arrête... j'écoute... N'étais-je pas un peu dans mon droit ? Y eut-il jamais indiscrétion plus légitime ?

— Pourquoi indispensable ? réplique papa. Je le connais, ce jeune homme... Je l'ai rencontré très souvent au club... J'ai même fait, un soir, le whist avec lui... Il ne joue pas trop mal... Il a vu hier Irène à cheval, il l'a trouvée ravissante. C'est à merveille ;

qu'ai-je à faire dans tout cela? C'est vous que cela regarde... vous et Irène.

— Mon ami, je vous assure qu'il est de la plus stricte convenance...

— C'est bien... c'est bien... j'irai... j'irai...

Et le silence... Plus rien... J'attendais le nom... Pas de nom! Le cœur me dansait un peu dans la poitrine... et, comme j'étais un peu serrée, très serrée même, je l'entendais distinctement faire tic, tac, tic, tac, contre mon corsage. Je reste là deux ou trois minutes. On ne voulait rien me dire; je devais avoir l'air de ne rien savoir.

Je savais quelque chose cependant, et quelque chose de très important. Il était du Jockey! Ce à quoi je tiens par-dessus tout. Si j'attache à cela tant d'importance, c'est la faute de papa. Pour lui, quelqu'un qui n'est pas du Club n'existe pas. J'ai été élevée dans ces idées-là. Mon mari sera du Jockey!

Nous partons tous les trois, dans le landau, papa morne, abattu, silencieux; maman toujours dans la même excitation... Moi, en apparence impassible, mais intriguée cependant... Pourquoi ce mystère? Ce monsieur m'avait vue la veille à cheval... Il était bien honnête de m'avoir trouvée ravissante! Était-ce lui qui avait demandé à me revoir à la lumière et décolletée? Tout cela me paraissait incorrect... On aurait dû le soumettre à mon examen, ce jeune homme, avant de lui faire avec une telle libéralité, à pied et à cheval, les honneurs de ma personne... Enfin!!!

A dix heures et demie, nous arrivons chez les Mercerey... Hélas! pauvre papa! c'était bien une soirée musicale... et, en fait de soirée musicale, ce qu'il y a de plus dur pour quelqu'un qui n'est pas rompu à ces plaisirs-là... Un quatuor... et tout ce qu'il y a de plus classique.

Peu de monde... Une vingtaine de personnes. Une drôle de soirée qui sentait la hâte et l'improvisation, une petite fête de bric et de broc, qui n'avait ni corps ni ensemble ; on ne se connaissait pas ; on ne se tenait pas : le médecin des Mercerey, leur architecte, leur notaire, évidemment invités pour meubler, pour garnir, pour faire nombre.

C'est que c'est le diable d'organiser, au mois de novembre, quelque chose de convenable. Il y a si peu de monde à Paris !... On est obligé de se contenter, pour les petits comités, de gens qui feraient à peine partie des grandes fêtes, en pleine saison, au mois de mai.

En arrivant, nous tombons sur l'andante d'une sonate, si bien que nous pouvons nous faufiler à la sourdine, en tapinois. Je vais me nicher dans un petit coin, et, de là, rapidement, d'un seul coup d'œil, j'examine le champ de bataille. Çà et là des vieux ou des demi-vieux, défraîchis et déplumés. Rien pour moi !... Mais, dans l'angle opposé, un petit tas de quatre petits jeunes gens, tous les quatre inédits. Pas d'hésitation possible ! Là est l'ennemi !

Oui, mais lequel est-ce ? Je fais ce raisonnement qui me paraît admirable dans sa simplicité : « C'est celui qui va me regarder avec le plus d'acharnement. » Je baisse modestement les yeux et je prends l'attitude d'une petite demoiselle bien sage qui s'abandonne tout entière aux sévères jouissances d'une sonate d'Haydn.

Puis, tout d'un coup, je lève le nez, et mon regard va tomber droit sur le petit tas des petits jeunes. Mais je suis obligée de baisser le nez plus vite encore que je ne l'avais levé. Tous les quatre me regardaient avec une évidente curiosité et avec un évident plaisir... Je laisse un peu marcher la sonate et je renouvelle l'expérience... Même résultat !... Encore ces quatre paires d'yeux braqués sur moi..., et ainsi de même à plusieurs reprises.

Je n'étais pas, je pense, indigne de cette attention. J'étais bien, très bien. La campagne m'a réussi admirablement cette année... Elle m'a un peu engraissée, pas trop, juste à point... Virginie, ma femme de chambre, me le disait, hier soir, en m'habillant : « Ah! mademoiselle ne sait pas comme elle a gagné cet été. » En quoi Virginie se trompait. *Mademoiselle* le savait très bien... On est toujours la première à savoir ces choses-là.

Fin du quatuor... Petit méli-mélo... Je n'y tiens plus. J'emmène maman un peu à l'écart, et là, je lui dis :

— Maman, je t'en supplie, montre-le-moi.

— Comment, petite masque, tu as deviné?

— Oui, oui, j'ai deviné... Mais montre-le-moi, vite, vite... La musique va recommencer.

— Eh bien ! c'est ce grand brun à gauche, sous le tableau de Meissonnier. Ne regarde pas... il te regarde...

— Il n'est pas le seul. Ils ne font que ça, tous, tous, tous!

— Il ne regarde plus... Tiens... Il s'approche de ton père... Il lui parle.

— Il n'est pas trop mal.

— Je crois bien qu'il n'est pas...

— La bouche un peu grande...

— Je ne trouve pas.

— Oh! si, maman!... Mais enfin l'ensemble peut aller.

— Et si tu savais! Naissance, fortune, tout ce qu'on peut désirer! C'est un hasard tellement extraordinaire...

— Et il s'appelle?

— Le comte de Martelle-Simieuse... Ne regarde plus. Il recommence à te regarder. Oui, c'est un Martelle-Simieuse, et les Martelle-Simieuse sont cousins des Landry-Simieuse et des Martelle-Jonzac... Or, vois-tu, les Martelle-Simieuse...

Un des musiciens fait *toc toc* sur son petit pupitre... Voilà qui coupe court au torrent d'éloquence de maman... Nous nous asseyons... C'est du Mozart maintenant... Je me reblottis dans mon petit coin et je m'abîme en de profondes réflexions. Ça doit être un parti de derrière les fagots, car maman était dans un véritable état d'exaltation !...

Comtesse de Martelle-Simieuse !... Deux noms ! Mon rêve ! Avoir deux noms ! J'aurais préféré duchesse, naturellement ; mais il y a si peu de ducs, de vrais ducs, de ducs incontestables — vingt-deux seulement, je crois — que c'est une chimère d'espérer... Va donc pour comtesse !

Comtesse de Martelle-Simieuse... Le nom a de la tournure... Je me le répète à moi-même... Je n'écoute pas du tout le quatuor de Mozart... Est-ce bien du Mozart que jouent ces deux violons, cet alto et cette basse? Les quatre instruments me chantent une chanson dont voici le refrain : *Madame la comtesse de Martelle-Simieuse...*

Le nom, c'est chose d'une telle importance ! Un nom qui s'arrange bien et qui sonne bien avec le titre. Car il en est du titre comme du club. Il me faut un titre... M'embourgeoiser, jamais, fût-ce au prix d'une fortune des *Mille et une Nuits!* Plutôt épouser un de ces princes italiens qui foisonnent de l'autre côté des Alpes. On est princesse au moins! Comtesse de Martelle-Simieuse! Oui, décidément le nom est acceptable!

Nouveau petit tohu-bohu après le quatuor ; papa se dirige vers maman, et moi aussi. A peine étais-je arrivée, que maman, de plus en plus exaltée, me dit :

— Les choses marchent avec une rapidité foudroyante... Il demande à m'être présenté, et ton père a remarqué que sa voix tremblait... N'est-ce pas, mon ami?

— Oui, répond papa, sa voix tremblait...

— Ton père va me l'amener. S'il te

déplaît, ne reste pas à côté de moi. S'il ne te déplaît pas, reste.

— Je veux bien rester, maman; mais il est bien entendu que tu me laisseras le temps de la réflexion... Tu m'as promis de ne pas me brusquer...

— Tu seras toujours entièrement libre ; mais écoute-moi bien: c'est un parti hors ligne... Si tu connaissais les parentés, les alliances... Sa mère était une Précigny-Laroche ! Tu entends, une Précigny-Laroche !

— Oui, maman, j'entends.

— Il n'y a rien au-dessus des Précigny-Laroche ! Rien au-dessus !

— Du calme, maman, du calme !...

Papa était allé le chercher... Il l'amène, et alors, entre deux morceaux, nous avons eu, à nous quatre, un petit bout de conversation. Il était, en effet, visiblement troublé. Lui qui, de loin, avait tant de courage pour me regarder, de près n'en avait plus du tout. C'est moi qui l'ai dirigée, la conversation, et avec une très remarquable habileté, car, à travers les banalités obligées d'une causerie mondaine, j'ai su apprendre en dix minutes ce qu'il m'importait de savoir, avant de laisser les choses aller plus avant.

Il aime par-dessus tout Paris... Comme moi... Il s'ennuie à la campagne... Comme moi... Il s'amuse à Trouville... Comme moi... Il n'a aucun goût pour la chasse à tir... La chasse à tir! le martyre des femmes, la chasse à tir, qui nous prend nos maris et leurs amis, tout le long du jour, et nous les rend, le soir, anéantis, exténués, abrutis.

En revanche, il adore le cheval et la chasse à courre... Toujours comme moi... Ah! c'est que la chasse à courre, c'est une autre affaire... Nous pouvons en être!... Que de fois je me suis dit : « Mon mari aura un équipage! » Et il a un équipage, un vautrait... Il est locataire d'une forêt de l'État, à dix lieues de Paris. On part le matin, à huit heures et demie, par la plus commode des gares, la gare du Nord ; à dix heures, on déjeune rapidement... à dix heures et demie, à cheval !... Et, sauf le cas de chasses très dures et très longues, on est revenu à Paris pour le spectacle et pour le bal.

Ce n'est pas tout ; il est complètement libre de son temps, de sa personne, de sa fortune. Plus de père, plus de mère... Rien qu'un frère plus jeune que lui, volontaire d'un an dans un régiment d'artillerie, — et une tante très riche, fort âgée, sans enfants. Donc il est chef de famille. Martelle-Simieuse est à lui. C'est une terre, quelque part en Vendée. Il va de soi que je n'ai pas l'intention d'aller m'enfouir en Vendée, tous les ans, pendant six ou huit mois... Mais enfin, il faut bien avoir une terre... La Vendée ne me déplaît pas. Rien n'a meilleur air que la Vendée.

J'ai appris tout cela dans un court espace

de dix minutes, un quart d'heure peut-être... parce que Mme de Mercerey, nous voyant engagés tous les quatre dans une conversation sérieuse — tous les quatre, je pourrais dire : tous les trois... papa ne disait rien, — tous les trois... je pourrais dire : tous les deux, maman ne disait pas grand'-chose... Donc Mme de Mercerey (quelle phrase ! je n'en sortirai pas !) a su prolonger l'entr'acte entre les deux quatuors.

Tous ces renseignements, je les ai obtenus de la manière la plus aisée, la plus naturelle, par un certain tour donné à la causerie, et sans faire une seule question. Maman, ce matin, me disait que j'avais été hier soir effrayante de calme et de précision. Ah ! c'est que j'ai mon petit côté pratique ! Je veux absolument placer ma vie dans certaines conditions inattaquables d'indépendance et de sécurité. Pas de bonheur sans cela, pas d'amour, rien enfin, rien !

Ainsi, par exemple, pas de belle-mère! Je ne sais pas ce que je ne donnerais pas pour ne pas avoir de belle-mère. Pas de tiraillement! Pas de lutte! On a chez soi tout à soi, à commencer par son mari.

C'est pour cela que je n'ai pas voulu, au printemps dernier, du petit marquis de Marillac, un des cinq! Et comme il était gentil, cependant, et drôle, et gai! Et comme je l'aurais aimé de bon cœur!... J'avais commencé... Mais j'ai vu sa mère!... et je me suis arrêtée.

Une mère terrible, rigide, austère, tombée dans une dévotion féroce, et qui exigeait que sa belle-fille vînt s'ensevelir en sa compagnie, pendant huit mois, au fond de la Bretagne. C'est une économie, je le sais... mais quelle servitude! Dès le lendemain du mariage, à peine sortie de l'état de petite fille, y retomber!... Alors à quoi bon se marier?

Où en étais-je? Je ne sais plus du tout...

Ah! j'y suis... La musique recommence... C'est le dernier morceau. Nous nous asseyons, en ligne, dans l'ordre suivant : moi... maman... papa... et lui... On a d'étranges pressentiments. Il y avait une heure à peine que je l'avais vu pour la première fois, et cependant nous avions déjà comme un petit air de famille, là, tous les quatre, bêtement à la file sur nos chaises.

On nous jouait une suite de petites valses de Beethoven, avec de courtes suspensions d'une minute entre chaque valse.

Première suspension. Maman me dit :

— Eh bien! maintenant que tu l'as vu, que tu lui as parlé... ton impression?

— La même, maman.

— Bonne?

— Pas mauvaise.

— Alors ton père peut l'inviter à dîner?

— Oh! maman, ce serait aller bien vite!

— Nous sommes obligés d'aller vite.

— Pourquoi, maman?

— Chut!... on recommence...

Me voilà fort intriguée... Pourquoi cette nécessité d'aller vite?... Je suis choquée... Il me semble qu'on me jette à la tête de ce monsieur... J'ai hâte de savoir... Elle me paraît éternelle, la petite valse. Enfin, grâce au ciel, voici la seconde suspension. Je reprends :

— Maman, explique-moi...

— Je ne peux rien t'expliquer maintenant... Ce serait trop long.. A la maison, tout à l'heure, je te dirai... Mais il faut que l'invitation soit faite ce soir... Il n'y a pas une minute à perdre. Oui ou non, veux-tu?

— Tu vois, maman, tu me bouscules.

— Je ne te bouscule pas, tu pourras toujours refuser...

— Eh bien, soit.

— Jeudi, le dîner?

— Va pour jeudi.

Entre la troisième et la quatrième valse, maman dit rapidement à papa :

— Invitez-le à dîner...

— Quel jour?

— Jeudi.

— Bien.

Papa — je ne l'avais jamais vu dans un rôle de père sérieux, — papa a été admirable de docilité et de résignation. Il est vrai qu'accablé sous le poids de la musique, papa ne paraissait plus trop avoir conscience de ce qu'il faisait. J'étais un peu inquiète, je me disais : « Il va se tromper et en inviter un autre. » Pas du tout. Il a fait très correctement sa petite invitation, qui a été acceptée avec enthousiasme.

A minuit, nous partions, et nous n'étions pas encore sortis de l'hôtel des Mercerey que je m'écriais :

— Maman, je vois que tu grilles de me faire faire ce mariage.

— Oh! quant à cela, oui!

— Eh bien, alors, dis-moi...

— Laisse-moi respirer un peu, je suis

brisée... A la maison tu sauras tout.

Une heure après, je savais tout. C'est l'histoire la plus extraordinaire du monde! Hier matin, à huit heures, on réveillait maman pour lui remettre ce petit billet *très pressé* de Mme de Mercerey :

« J'ai la migraine, je ne puis sortir. Venez, venez tout de suite. Il y va du bonheur d'Irène! »

Maman se lève et part.

Mais, *la suite à demain...* Sept heures, il faut dîner...

27 novembre.

Donc maman court chez Mme de Mercerey, et voici ce qu'elle apprend :

Les deux Martelle-Simieuse, l'aîné, Adrien, — c'est le mien, — et l'autre, Paul, le volontaire d'un an, ont perdu, il y a dix ans, leur grand'mère paternelle, une excellente femme, très riche, un peu bizarre, et qui n'avait plus au monde qu'une pensée :

assurer la perpétuité de sa race. Il lui semblait que ce serait la fin du monde, si les Martelle-Simieuse, un jour, disparaissaient. Elle n'était pas bête, et glissa dans son testament une clause fort ingénieuse... Elle mettait un million en dehors de ses biens partageables... Ce million, avec les intérêts accumulés, devait appartenir à son petit-fils Adrien, s'il était marié à vingt-cinq ans... Sinon, le million repassait à son petit-fils Paul, toujours avec la même pénalité... Et si tous deux, Adrien et Paul, s'entêtaient dans le célibat, le million et les intérêts du million, tout était pour les pauvres.

Or le magot réservé de la grand'maman s'élève aujourd'hui à la somme infiniment respectable de quinze cent mille francs... Ledit Adrien n'avait aucun penchant pour le mariage; passionné pour la chasse, les chevaux, les courses, homme de sport dans toute l'acception du terme, il était, avant tout, soucieux de son indépendance. « Je ne me marierai pas, disait-il ; j'ai cent quatre-vingt mille livres de rente, cela me suffit. Avec cela et un peu d'ordre, je peux m'en tirer. » Bref, il voyait venir le 10 janvier avec une parfaite placidité ; il aura vingt-cinq ans ce jour-là ; mais il comptait sans les événements.

Il y a eu, vers la fin de l'année dernière, dans notre monde, un grand mouvement de spéculation, une sorte de croisade financière contre les infidèles... Adrien s'est jeté dans le mouvement, bien moins par calcul et par avidité que par une sorte d'entraînement chevaleresque. Il s'agissait de soutenir des banques bien pensantes.

Pauvre garçon ! il a été pincé dans le krach, et pour une forte somme : quatorze cent mille francs. Il ne lui restait plus que cent vingt mille livres de rente... et, du jour au lendemain, il s'est trouvé gêné. Il a fait cependant à mauvaise fortune bon visage. Il a réduit son train, vendu des chevaux, renvoyé des domestiques...

Sa résolution restait la même : pas de mariage ! Mais, il y a un mois, ses amis l'ont chapitré, lui ont fait de la morale, lui ont expliqué qu'il était déraisonnable de laisser échapper ces quinze cent mille francs... Cela ne lui coûterait que la peine de se marier, d'épouser une jolie fille et une grosse dot ; de telle sorte que la peine pourrait se changer en plaisir.

Il a faibli et il a autorisé sa cousine, Mme de Riémens, à chercher quelque chose pour lui. Elle a cherché et elle a trouvé... cette grande perche de Catherine de Puymarin, qui est affreusement riche, mais encore plus maigre... Ce fut son premier cri : « Elle est trop maigre et trop mal à cheval ! » Du moment qu'il se résignait au mariage, il tenait à cela par-dessus tout ! Il voulait que sa femme fût bien à cheval.

Cependant le temps marchait. Il était

harcelé, pressé, serré de près. Il avait commencé par dire non... Il ne disait plus ni oui ni non... Il allait probablement dire oui, quand arriva la grande, la dramatique, la décisive journée du 24 novembre.

Ce jour-là, au lieu de monter à cheval dans l'après-midi, selon mon habitude, je devais monter, le matin, avec cet excellent M. Coates, qui me considère comme une de ses plus brillantes élèves, et qui fait encore, de temps en temps, le tour du Bois avec moi... Je pars, à dix heures, en coupé avec miss Morton... Nous nous arrêtons près du Champignon, à droite, à l'entrée du Bois: c'est là que M. Coates m'attendait. Le groom avait amené *Triboulet*, qui n'est pas toujours commode et qui était très en l'air ce jour-là, n'ayant pas mis le nez dehors depuis quarante-huit heures. Je m'étais habillée en grande hâte, et Virginie n'avait pu me coiffer que sommairement, en plantant une douzaine d'épingles dans mes cheveux tortillés à la diable en deux grosses nattes.

M. Coates me met à cheval, non sans quelque difficulté, car Triboulet faisait le diable. Ce fut bien autre chose dès qu'il me sentit sur son dos. Il se mit à pointer en se traversant ; mais je suis solide à cheval et je connais les défenses de Triboulet. Je lui administre une sévère correction. Seulement, au milieu de cette explication entre nous deux, voilà quelque chose qui roule, roule, roule sur mes épaules. C'étaient mes deux grosses nattes qui se répandaient en avalanche et qui entraînaient mon chapeau dans la déroute. Me voilà tête nue, sur Triboulet se démenant, avec mes cheveux tourbillonnant à tous les vents.

A ce moment précis, débouchait à cheval, de l'allée des Poteaux, Adrien, comte de Martelle-Simieuse. Il s'arrête, ébloui, à distance respectueuse, et il passe, en un rien de temps, par trois petites crises d'admiration.

La première pour l'écuyère : « Ah ! qu'elle est bien à cheval ! »

La seconde pour mes cheveux : « Et quels cheveux ! »

La troisième pour mon visage : « Et qu'elle est jolie ! »

Cependant Triboulet s'était détendu, se calmait, s'apaisait. Le groom, laborieusement, retrouvait dans le sable cinq ou six épingles dispersées ; et moi, tant bien que mal, je remettais un peu d'ordre dans ma coiffure, sanglant sur ma tête mon voile mis en corde autour de mes cheveux révoltés.

Nous partons enfin, M. Coates et moi, le groom à distance, et derrière le groom, également à distance, l'aîné des Martelle-Simieuse, recommençant en mon honneur le tour du Bois. Quant à moi, dans mon innocence, je ne me doutais pas de cette brillante conquête. Le temps était rêche et dur. Nous marchions grand train... Triboulet, piqué par le froid, à deux ou trois reprises, tente de s'insurger... Il trouve à qui parler. M. Coates était très content de moi... « Ce matin, me disait-il, vous montez comme un ange. »

C'était bien aussi l'avis de mon second groom improvisé. « Ah! qu'elle est bien à cheval! Ah! qu'elle est bien à cheval! » Il n'eut pas autre chose en tête, pendant toute cette promenade à grandes allures. Et il me comparait à Catherine de Puymarin!

Le tour du Bois terminé, je descends de cheval, je retrouve miss Morton dans le coupé, et en route pour la rue de Varennes! Le jeune Martelle-Simieuse se met au trot derrière le coupé et me ramène chez moi; il voit la porte de l'hôtel s'ouvrir et la voiture s'engouffrer sous la voûte; il constate que j'ai un domicile assez convenable, dans une rue bien habitée, et que, selon toute apparence, je ne suis pas une aventurière.

Oui, mais le nom, le nom de cette intrépide amazone? Alors il a une idée toute simple; mais encore fallait-il l'avoir! Il rentre chez lui, fait quérir un dictionnaire des quinze cent mille adresses. Rue de Varennes, 49 *bis*, baron et baronne de Léoty. Voilà comment il a appris le nom de celle qui sera peut-être la fidèle compagne de sa vie. Baron de Léoty... Il connaissait papa par le Club.... Mais papa avait-il une fille? Mais étais-je la fille de papa? Il fallait débrouiller ce mystère.

Ce fut bientôt chose faite, car, le soir — ô hasard, voilà de tes coups! — le soir, Adrien dînait chez les Mercerey en petit comité..... et négligemment, dans une éclaircie de la conversation, il disait à Mme de Mercerey :

— Ne connaissez-vous pas M. de Léoty?

— Intimement.

— A-t-il une fille?

— Oui.

— Quel âge?

— Une vingtaine d'années.

— Très jolie, n'est-ce pas?

Là, paraît-il, ce fut un cri général, un cri d'enthousiasme en mon honneur! Il était le seul à ne pas me connaître, le malheureux! Mme de Mercerey demanda le pourquoi de toutes ces questions. Et lui de raconter, avec feu, sa rencontre du matin, ma crânerie à cheval, mes cheveux au vent, le rayon de soleil qui tapait dessus et les faisait resplendir... Enfin, il a un petit accès de description lyrique et poétique!... A la stupeur générale!... On ne lui connaissait pas cette note-là.

Alors, Mme de Mercerey a montré la plus rare, la plus admirable présence d'esprit. Il faut dire qu'elle aime beaucoup maman et que, par contre, elle exècre les Puymarin, depuis six semaines, car ils étaient jusque-là ses amis intimes; mais elle a, pour leur tenir rigueur, le motif le plus légitime.

Il y a eu trois séries cette année à Grandchamps, chez les Puymarin : l'une avec les princes d'Orléans, l'autre avec le grand-duc Wladimir, la dernière avec des gens sans importance, le fretin... Eh! bien, la duchesse a invité les Mercerey avec le fretin... Or, nés comme ils sont nés, et riches comme ils le sont, les Mercerey ne sont pas gens à mettre avec le fretin. De là leur ressentiment.

Et maintenant, le voilà, le trait de génie de Mme de Mercerey! Séance tenante, prenant la balle au bond, sans une minute d'hésitation, devant son mari stupéfait, elle a raconté qu'elle devait avoir, le lendemain soir, chez elle, quelques amis, parmi lesquels Mme et Mlle de Léoty, et que M. de Simieuse serait le bienvenu, si un peu de musique ne l'effrayait pas et s'il était désireux de revoir son héroïne du bois de Boulogne. M. de Mercerey était éperdu.

— Ne vous trompez-vous pas, chère amie?

dit-il; c'est demain soir que nous devons aller au Gymnase voir la pièce d'Octave Feuillet...

— Non, mon ami, c'est après-demain...

— Il me semblait... J'ai moi-même retenu la loge.

— Je vous dis que c'est après-demain.

Il se tint coi et n'eut qu'après le dîner l'explication de la charade. Mme de Mercerey n'en resta pas là. Elle s'empara de M. de Simieuse et, le plus éloquemment du monde, le régala de mon panégyrique.

— Irène de Léoty, voilà bien la femme qui vous conviendrait; cette rencontre de ce matin, c'est un coup de la Providence.

Lui, répétait comme refrain :

— Ah! comme elle est bien à cheval!

Hier, après avoir vu maman, Mme de Mercerey, courageusement, malgré sa migraine, se mettait en campagne, racolait des invités, racolait des musiciens, faisait imprimer des programmes, car les programmes étaient imprimés! Quelle activité!

A quoi cependant tient la destinée! Si Virginie avait attaché plus solidement mes deux grosses nattes, si Triboulet avait été sage au montoir, si les Puymarin n'avaient pas fourré les Mercerey dans le fretin, il ne dînerait pas demain à la maison et je ne m'adresserais pas cette question : « Serai-je ou ne serai-je pas comtesse de Martelle-Simieuse? »

Pauvres Puymarin, qui étaient revenus à Paris tout exprès pour l'exhibition de leur phénomène! Pauvre Catherine de Puymarin! Le lui rendrai-je, son petit bonhomme de comte? ou le garderai-je pour moi? Je ne sais pas; mais il n'a pas trop mal commencé, le sixième, et, s'il fallait faire un pari, je le prendrais bien à égalité contre le champ.

20 novembre, 10 heures du matin

Et aujourd'hui je le prendrais à proportion... Il tient la corde!

Depuis trois jours, que de délibérations au sujet de ce dîner d'hier! Serait-ce un grand dîner ou un petit dîner? et où le mettre? en face de moi ou à côté de moi? Maman tenait pour *en face*. Elle prétend que je suis beaucoup mieux, beaucoup plus à effet, de face que de profil; surtout quand je suis en robe ouverte, et j'étais en robe ouverte, plus ouverte même que chez les Mercerey... L'art des gradations!

Mais, moi, je tenais pour *à côté*. Je ne me sentais aucunement gênée, aucunement intimidée. J'avais besoin de le faire parler, de le confesser. Toujours mon idée fixe : ne pas me marier à la légère. Il a donc été mis à ma droite. Pour n'avoir pas trop faim, pour être toute à ma petite enquête, j'avais lunché fortement à cinq heures. Et j'ai fait passer la conversation dans tous les petits chemins par où il était nécessaire de la conduire.

On est resté à table une heure et demie, et, au bout de ce temps, j'avais la conviction que nous étions faits l'un pour l'autre. Nous avons d'abord parlé *voitures* et *chasses*. C'était parfait pour commencer... J'ai découvert tout de suite qu'il avait absolument dans l'œil le même type de cheval que moi... Pas trop mince, pas trop enlevé... léger, sans aucun doute, mais pas grêle, léger avec du gros... Même accord parfait sur toutes les questions d'attelage : il a horreur de ces traînées à l'anglaise qui mettent les chevaux longs sur traits ; il aime les attelages courts, un peu serrés sur chaînettes, les chevaux qui marchent dans leurs mors. Il a été, je crois, un peu surpris de me trouver si compétente en ces sortes de matières... Surpris, mais charmé en même temps. Il était, au commencement du dîner, visiblement ému et troublé, mais la causerie, tout de suite, est devenue très facile. Je l'ai mis bien vite à son aise. Nous parlions la même langue. Nous étions faits pour nous entendre.

Il chasse le sanglier avec une très belle et très pure meute de quatre-vingts *fox-hounds*. Il m'a fait la description minutieuse de son uniforme de chasse : habit à la française, couleur feuille morte, parements et poches de velours bleu, galon de vénerie. Il y aura, pour nous autres femmes, quelque chose de charmant à arranger avec les couleurs de l'équipage, dans cette nuance feuille morte... Je rêve certain petit tricorne ! Oh ! si ma chère Cécile, mon amie intime, pouvait trouver un mari ayant, pas trop loin de Paris, un équipage de cerf ! Elle viendrait chasser le sanglier chez moi, j'irais courir le cerf chez elle. Il n'y aurait pas, sous le soleil, de femmes plus heureuses que nous deux ! Mais voilà que je parle déjà de ce monsieur comme s'il était mon mari et comme si ses quatre-vingts chiens étaient à moi !

Autre chose qui me tente. Nous sommes, d'ordinaire, condamnées à prendre pour maris des hommes vivant dans le plus parfait désœuvrement; et voilà pourquoi, bien souvent, la fatigue et l'ennui se glissent très vite dans les ménages de notre monde. Eh bien! il est occupé, très occupé... Il n'a pas une minute à lui; son intelligence et son activité appartiennent à des œuvres à la fois utiles et élégantes. Il est du conseil d'administration d'un petit cercle très chic qui vient de se fonder; il est membre du comité du tir aux pigeons et de la Société de patinage; il a une part dans une société de steeple-chase; enfin il est intéressé pour un quart dans une écurie de courses plates : tout cela met de l'activité et du mouvement dans sa vie.

Au bout d'une demi-heure, je savais tout

cela. Après quoi, je lui ai fait passer un petit examen politique. Grosse, très grosse question! J'étais bien décidée à ne jamais avoir de chagrins ni de déceptions de ce côté. Ma pauvre mère a passé à cet égard par de cruelles épreuves, et je ne voulais pas être exposée aux mêmes souffrances.

Maman a été très heureuse avec papa, oui, très heureuse, excepté cependant au point de vue politique. Elle s'est mariée toute jeune avec papa, qui était de vieille famille monarchique sans alliage. Maman aussi. Tout était bien. Mais voilà que, vers 1865, papa s'est rallié à l'Empire. Pas par goût, mais par bonté. Pauvre cher papa, il est si bon, il est trop bon! Il a fait cela par dévouement pour son frère, mon oncle Armand, qui est aujourd'hui général de division; il n'était alors que capitaine, mais depuis des siècles; il n'avançait pas, on lui tenait rigueur parce que papa, malgré bien des avances, n'avait jamais voulu mettre le pied aux Tuileries.

Alors papa, qui adorait mon oncle Armand, a accepté une invitation et a promis de présenter maman. C'était une véritable victoire pour l'Empire, car il n'y a pas au monde de sang plus pur que le sang de maman. Papa est aussi de grande lignée, mais de race un peu moins suivie que maman.

Le jour de cette affreuse présentation aux Tuileries, maman l'a passé dans les larmes. Elle a dû obéir, cependant; mais il y a eu, le soir, en route, une scène épouvantable dans le landau. Maman, au dernier moment, se rebiffait. Elle a voulu descendre, avec une couronne de roses sur la tête et en souliers de satin blanc, au beau milieu du pont Royal. Et il neigeait à gros flocons! Enfin elle s'est résignée. Mon oncle Armand était décoré quinze jours après, et chef d'escadron au bout de six mois. Seulement bien des portes se sont fermées devant papa et maman. Papa, ça lui était bien égal ; ça lui faisait même plaisir ; il a le monde en horreur, et le Club lui restait. Mais maman, le monde, c'était sa vie, et elle n'était pas du Jockey !

Presque toutes ces portes fermées se sont rouvertes depuis la République, parce qu'alors bien des choses ont été oubliées. Oui, presque toutes, mais pas toutes, et toutes s'ouvriront à deux battants devant moi, quand je serai comtesse de Martelle-Simieuse. Partout je serai la bienvenue et la bien reçue. L'attitude politique des Martelle-Simieuse a été, depuis le commencement de ce siècle, absolument irréprochable. Ils n'ont pas bronché sous les deux Empires ! Pas une faiblesse ! Pas une défaillance !

Les Martelle-Simieuse remontent aisément, sans piperie ni tricherie, au XIVe siècle. La mère d'Adrien... Bon ! voilà que je l'appelle Adrien ! C'est un peu tôt. Donc sa mère était une Précigny-Laroche, et quant à son père!... Adrien a publié sur sa généalogie une petite brochure, tirée à cent exemplaires, avec une planche représentant ses armoiries coloriées. Il a distribué cette brochure à ses amis... Mme de Mercerey en avait un exemplaire qu'elle a prêté à maman. Je l'ai lue et relue, la petite brochure. Je la sais par cœur. Elle établit par une irréfutable démonstration qu'Adrien est le troisième comte français — pas le quatrième — non, le troisième!

Eh bien! on a beau faire passer avant tout, naturellement, la noblesse du cœur et l'élévation du caractère, il n'en faut pas moins attacher de l'importance à ces choses-là. Elles ont un énorme intérêt dans le train-train de la vie. Surtout en ce moment, au milieu de ce débordement de fausse noblesse, en présence de cette invasion de ducs espagnols et de princes italiens, qui viennent, quand nous ne sommes pas d'origine indiscutable, prendre le pas sur nous, chez nous. Je ne pourrais pas supporter cette pensée, d'être, dans un grand dîner, misérablement reléguée au bout de la table, avec les gens de finance et les gens de lettres.

Une chose encore me préoccupait. Il n'y a pas de futilité quand il s'agit de préparer, pour sa vie, certains arrangements confortables, bien à l'abri de tout hasard et de tout accident. Maman a une loge tous les undis à l'Opéra. Il est convenu depuis longtemps avec maman que j'emporterai avec moi, en me mariant, la moitié de la loge. Maman aura sa quinzaine et moi la mienne. C'est bien, cela me suffit. Mais restait le mardi du Théâtre-Français. Maman — et Dieu sait si elle s'est démenée! — maman n'a jamais pu décrocher de loge pour ce malheureux mardi. On lui en a offert une pour le jeudi. Elle a refusé. Le jeudi n'est qu'un faux mardi. C'est le même spectacle, mais ce n'est pas le même public. Eh bien ! si je l'épousais, j'aurais tous les mardis, de décembre à juin, une première loge de face au Théâtre-Français. Voici comment : il a une tante, une tante précieuse, très riche, sans enfants (il en héritera), fort âgée, asthmatique, ayant ladite loge au Théâtre-Français, et toute disposée à la lui repasser, car elle ne va plus au spectacle depuis trois ans. Peut-on rien imaginer de plus délicieux qu'une tante pareille?

Voilà tout ce que j'ai su lui faire dire entre la soupe et le fromage glacé. Et lorsque, après le dîner, maman s'est jetée sur moi et m'a dit : « Eh bien? » je lui ai répondu :

— Je crois, maman, que j'aurai de la peine à trouver mieux.

— C'est fait alors?

— Il faut être deux, maman, pour se marier.

— Oh ! sois tranquille. Vous êtes deux! J'ai passé tout le dîner à le regarder te regarder. Il a la tête tournée!

C'était bien mon avis, d'ailleurs. Pendant que maman se précipitait sur moi, lui se précipitait sur Mme de Mercerey, qui, naturellement, était du dîner. C'était moi qu'il aimait, moi qu'il adorait, moi qu'il voulait, moi, et pas une autre! Et il suppliait Mme de Mercerey d'aller tout de suite me demander à maman.

Elle a dû le calmer, lui expliquer que les choses ne pouvaient marcher avec une telle rapidité. Maman, je crois, aurait voulu en finir le soir même. Elle avait une peur affreuse de la combinaison Puymarin. Je ne partageais pas cette crainte. Je me rendais compte de l'effet produit et me sentais pleinement maîtresse de la situation. J'ai donc rappelé à maman ses promesses et ma résolution de ne me décider qu'après un mûr examen. Je ne l'avais vu que deux fois, le soir, en habit noir et cravate blanche; je voulais absolument le voir deux fois, au grand jour, en redingote. Je savais comment cela s'était passé pour ma cousine Mathilde. Elle avait vu son mari deux fois dans la journée : une fois au musée du Louvre et une fois à l'hippique. Pas d'hippique en ce moment. Remplaçons donc l'hippique par le musée de Cluny; mais je veux mes deux entrevues en plein jour.

Alors Mme de Mercerey a arrangé pour aujourd'hui une rencontre inopinée au Louvre, à trois heures précises, devant la vierge de Murillo.

Même jour, cinq heures.

Nous rentrons. Nous nous sommes promenés pendant une heure dans les galeries, sans regarder beaucoup les tableaux. Il est d'ailleurs, je crois, d'une ignorance étonnante en peinture. Mais je n'ai jamais eu l'intention d'épouser un critique d'art. Il est d'une tournure agréable, il s'habille bien, il parle peu, il est froid, mais correct, et ne dit jamais une bêtise. Enfin j'ai été contente. Rue de Rivoli, dès que nous nous sommes trouvées seules, en voiture, j'ai dû repousser un nouvel assaut de maman :

— Il est délicieux, et je pense que tu ne vas pas insister pour Cluny.

— Non, j'y renonce. Supprimons Cluny.

— A la bonne heure, et tu es décidée?

— Pas encore, maman, pas encore. On ne se marie pas ainsi, d'après de simples considérations de fortune et de situation.

— Mais que veux-tu de plus?

— Le voir à cheval! Il m'a vue à cheval et moi pas.

Bref, Mme de Mercerey, dont le dévouement est infatigable, va lui conseiller, ce soir, de rôder demain matin, vers dix heures, à l'entrée de l'avenue des Acacias. Elle lui donnera délicatement à entendre qu'il a de grandes chances de nous rencontrer, papa et moi. Car papa... Non, là, vrai, il m'étonne papa! C'est-à-dire qu'il est très bien dans son rôle de père de fille à marier. Il n'a pas monté depuis quatre ans, et demain matin, au risque d'une affreuse courbature, il va se remettre à cheval pour la circonstance.

30 novembre.

Nous avons fait le tour du Bois, tous les trois, papa, lui et moi. Il est parfaitement bien à cheval. Il montait une jument alezane merveilleuse. Je la prendrai pour moi, et je lui repasserai Triboulet, que je connais trop et dont je suis un peu lasse.

En rentrant, je me suis jetée au cou de maman :

— Oui, lui ai-je dit, c'est oui, cent fois oui!

Et je l'ai remerciée, les larmes aux yeux, d'avoir été si indulgente, si bonne, si patiente, de ne pas m'avoir tourmentée, de m'avoir laissé tout le temps de la réflexion.

4 décembre.

Aujourd'hui, à trois heures, la vieille tante, la tante de la loge des mardis, doit venir faire la demande officielle, et avant le 10 janvier (il le faut absolument, à cause du magot de la grand'maman) je serai comtesse de Martelle-Simieuse. Adrien touchera les quinze cent mille francs, et moi par-dessus le marché, comme prime supplémentaire. Ce sera, il me semble, de l'argent fort agréablement gagné. Je ne le trouve pas tant à plaindre, ce monsieur!

11 décembre.

Le mariage est fixé au 6 janvier. C'est absurde de se marier à une époque pareille, comme pour ses étrennes! Mais il le fallait bien. Le magot! le magot! Et d'ailleurs, en y pensant un peu, elle ne me déplaît pas du tout, cette date-là. Nous ferons un petit, tout petit voyage de noces. Une pointe à Nice, huit ou dix jours au plus. Après quoi Paris, et Paris en plein éclat, avec tous les petits théâtres ouverts, les chers petits théâtres de papa! Cette malheureuse Louise de Montbrian, le printemps dernier, s'est mariée vers la fin de mai, a fait un voyage de six semaines et n'est revenue à Paris que pour le retrouver torride, sinistre, inhabité! Et relâche aux Variétés! Elle n'a pu entendre Judic que la semaine dernière, sept mois après son mariage!

Nous serons parfaitement heureux, je n'en doute pas une minute. Il m'adore!.. Et moi?.. Si je l'aime? Il faut bien être franche avec soi-même... Je mentirais si je racontais, avec des phrases de roman anglais, que je suis éperdument amoureuse, que je ne vis plus quand il n'est pas là, que je tremble au bruit de ses pas, que je tressaille au son de sa voix, que je renais dès qu'il se montre... Non, non, je ne suis pas si facilement inflammable. Il ne faut pas demander à mon cœur d'aller si vite... Mais j'ai déjà beaucoup d'amitié, beaucoup d'affection pour lui ; et l'amour viendra, je n'en doute pas.

L'amour, c'est une telle économie dans un ménage! Je lui apporte un million, et nous allons entrer en ménage avec environ deux cent trente mille livres de rente; ça paraît énorme, et ça ne l'est pas... Il faut compter environ quatre-vingt mille francs par an pour l'entretien de Simieuse, notre château de Vendée, et pour la chasse. Reste donc, pour vivre, cent cinquante mille francs, somme parfaitement suffisante si nous nous aimons, et si nous menons ensemble tous deux une existence de bons camarades qui marchent du même pas dans la vie... Au contraire, si nous nous mettons, au bout de quelque temps, — et c'est l'histoire de bien des ménages, — à tirer chacun de notre côté, nous n'aurons plus chacun que soixante-quinze mille livres de rente... et ce sera la gêne... Admettons que le spectacle — en dehors de l'Opéra et des Français — coûte deux ou trois mille francs dans l'année, si le mari et la femme vont toujours ensemble voir les pièces nouvelles; c'est tout de suite cinq ou six mille francs, s'ils y vont chacun de leur côté... Et tout ainsi... C'est le budget doublé.

Voici, par exemple, Caroline et son mari... Ils n'ont que cent mille livres de rente... Ils vivent très largement et sans compter... Pourquoi? Parce qu'ils s'aiment. Ils habitent un petit hôtel, tout petit, et qui ne demande pas un nombreux domestique. Ils reçoivent peu, vont à peine dans le monde... Plus ils sont l'un près de l'autre, plus ils sont seuls, plus ils sont contents, et Caroline est parfaitement heureuse en ne dépensant qu'une dizaine de mille francs pour sa toilette...

Et Christiane, au contraire? Pauvre fille! Elle s'est mariée à son corps défendant... C'est sa mère qui a été éblouie par le titre. Sa fille duchesse! C'est quelque chose assurément, c'est même beaucoup; mais ce n'est pas tout. Eh bien! son mariage avec Gontran a mal tourné tout de suite, dès la première semaine. Et ils sont affreusement gênés avec leurs deux cent cinquante mille livres de rente. Elle dépense un argent fou en chiffons et en fantaisies ruineuses. Il est bien plus coûteux d'avoir à plaire à tout le monde que d'avoir à plaire à une seule personne. Le duc s'est mis à jouer... Il a déjà dévoré la moitié de sa fortune.

Caroline me le disait dernièrement : « Dès que tu seras mariée, tâche d'aimer ton mari; c'est, dans notre monde, une économie de cent mille francs par an, et, si on ne s'aimait par plaisir, on devrait s'aimer par calcul. »

Oui. Je l'aimerai! Je l'aimerai! D'ailleurs nous ne sommes qu'au 11 décembre... D'ici au 6 janvier, j'ai encore vingt-six jours devant moi!

UN

MARIAGE D'AMOUR

UN MARIAGE D'AMOUR

Lui, sur un agenda, tous les matins et tous les soirs, sans phrases, en style télégraphique, écrivait un petit programme et un petit bulletin de sa journée. Il avait commencé à vingt ans, le 3 octobre 1869, et voici quelle était la petite note inscrite à cette date :

Je suis nommé sous-lieutenant au 21e chasseurs.

Le 31 décembre venu, il mettait dans un tiroir l'agenda de l'année expirante et passait à l'agenda de l'année suivante.

Elle, avec plus de soin et de développement, sur de gentils volumes reliés en maroquin bleu et strictement fermés à clef, tenait minutieusement, quand elle était jeune fille, le journal de sa vie. Elle avait commencé à quinze ans, et sa première phrase, datée du 17 mai 1875, était ainsi conçue :

Je mets aujourd'hui ma première robe longue.

Elle se maria le 17 août 1879, et alors elle s'arrêta ; elle n'écrivit plus rien sur les petits volumes de maroquin bleu ; mais elle avait conservé et caché mystérieusement dans le fond d'un tiroir à secret les cahiers qui racontaient sa vie entre le mois de mai 1875 et le mois d'août 1879, entre la première robe longue et le mariage.

Lui aussi s'était marié le 17 août 1879, mais il n'avait pas interrompu ses écritures quotidiennes, si bien que, dans un des tiroirs de son bureau, se trouvaient treize petits agendas, où sa vie était notée jour par jour et fort exactement, malgré la sécheresse de la forme. De temps en temps il s'amusait à prendre au hasard un de ces agendas. Il l'ouvrait, lisait quinze ou vingt pages, revivant ainsi dans le passé, mettant *autrefois* en présence d'*aujourd'hui*.

Or, le 19 juin 1881, le petit sous-lieutenant de 1869, devenu capitaine et *porté pour chef d'escadron*, était seul, vers dix heures du soir, dans son cabinet, devant son bureau, et, la tête dans les mains, se demandait si c'était au printemps de 1878 ou au printemps de 1879 qu'il avait publié dans le *Bulletin de la réunion des officiers* un article sur la nouvelle organisation du train des équipages en Autriche-Hongrie. Cette réflexion lui vint à l'esprit qu'il retrouverait probablement dans ses carnets la date de la publication de l'article.

Il ouvrit le tiroir des agendas, et le hasard, du premier coup, lui fit mettre la main sur l'année 1879. Il se mit à feuilleter le petit volume... Il tournait, tournait les pages ; mais voici que, subitement, il s'arrêta et lut avec une certaine attention un passage qui le fit sourire. Il se leva, s'éloigna de son bureau, alla s'asseoir dans un grand fauteuil et, là, continua de lire. Il ne pensait plus du tout à l'organisation du train des équipages de l'Autriche-Hongrie. D'anciens souvenirs, évidemment, se réveillaient dans son cœur, et mettaient à la fois de légers sourires sur ses lèvres et un peu d'attendrissement dans ses yeux ; à trois ou quatre reprises, ce capitaine de cavalerie dut arrêter, du bout du doigt, un petit, un tout petit commencement de larme.

Il était plongé dans sa lecture, quand une des portières de son cabinet s'entr'ouvrit tout doucement, tout doucement : une délicieuse tête blonde se montra dans l'encadrement des vieilles tapisseries...

Que faisait-il donc là, dans ce grand

fauteuil? Est-ce qu'il dormirait? Il l'avait impitoyablement renvoyée, une demi-heure auparavant, parce qu'il voulait travailler et que, lorsqu'elle était là, elle le gênait, le troublait, lui mettait en tête des idées qui n'étaient pas tout à fait des idées de travail.

Alors, avec des précautions infinies, mince et souple dans les longs plis de son peignoir de mousseline blanche, la petite blonde se glissa dans la chambre, fit trois ou quatre pas sur la pointe des pieds, se pencha un peu de côté... Il lisait, et fort attentivement, car il n'avait rien entendu et ne bougeait pas... Il était dans son droit. Lire, c'est travailler.

Retenant sa respiration, elle continua sa route vers le fauteuil, lentement, bien lentement, et, tout en cheminant de la sorte, elle se posait une question. Elle était encore un peu enfant. Elle avait vingt et un ans, et elle était très amoureuse. Cela dit pour son excuse, — en admettant la nécessité d'une excuse, — voici la question qu'elle se posait :

— Où vais-je l'embrasser ? sur le front, sur la joue... ou bien un peu partout, à tort et à travers ?

Elle approchait... Déjà, de l'extrémité des doigts, elle frôlait presque les cheveux du capitaine, et elle allait se décider résolument pour *un peu partout, à tort et à travers*, quand elle devint tout d'un coup horriblement pâle... Sur les deux pages ouvertes du petit agenda, elle venait de lire :

16 juin :
Je l'aime !
17 juin :
Je l'aime ! !

Un seul point d'exclamation après le premier : *Je l'aime !* deux après le second... Cela avait augmenté entre le 16 et le 17 !

Elle jeta un petit cri, et toute tremblante :

— Qu'est-ce que c'est que ça? dit-elle ; qu'est-ce que c'est que ça?

Elle défaillait... Il se leva, la soutint dans ses bras ; mais elle, fondant en larmes et laissant échapper un flot de paroles entrecoupées par des sanglots :

— 16 juin : Je l'aime ! 17 juin : Je l'aime ! ! Et c'est aujourd'hui le 19 juin ! Tu aimes une autre femme! Ah! c'est affreux! c'est affreux !

Lui, alors, essuyant ses larmes avec deux baisers :

— Regarde donc, petite folle, regarde donc.

Il ouvrit l'agenda à la première page, qui portait en gros chiffres imprimés : 1879.

— Ah ! s'écria-t-elle joyeusement au milieu d'un petit restant de sanglots... C'était moi ! c'était moi !

Puis elle ajouta naïvement, imprudemment :

— Tu tenais donc un journal, toi aussi?

— Comment! moi aussi?... Alors il paraît que toi?...

Elle fut bien obligée d'avouer que s'il avait écrit des : *je l'aime!* sur des petits agendas de maroquin noir, elle en avait écrit, elle aussi, de son côté, sur des petits volumes de maroquin bleu... Et comme elle disait à son mari:

— Montre l'agenda, montre, que je voie s'il y a trois points d'exclamation le 18 et quatre le 19.

— Donnant donnant, répondit-il. Va chercher tes petits cahiers et nous comparerons. Nous verrons qui de nous deux l'emporte en points d'exclamations.

La tentation était trop forte. Elle alla chercher son année 1879 et revint avec trois cahiers de taille assez respectable.

— Trois volumes ! s'écria-t-il.

— Oui, les trois premiers trimestres ; et

toi, pour toute l'année, tu n'as qu'un méchant petit carnet de rien du tout !

— On dit bien des choses en peu de mots... Tu vas voir... Viens te mettre là, à côté de moi... Il y a place pour deux dans le fauteuil.

— Oui, en m'asseyant sur tes genoux... Mais c'est impossible.

— Parce que?

— Parce qu'il y a peut-être dans mes cahiers des choses que tu ne peux pas voir.

Elle montrait ses volumes bleus, et lui, montrant son agenda :

— Là aussi peut-être... Tu as raison. Tenons-nous à distance, en face l'un de l'autre. Nous lirons seulement ce que nous voudrons lire...

— Et on pourra faire des coupures...

— C'est entendu, dit-il, commence.

— Non, commence, toi, pour me donner du courage.

— Soit, mais où commencer?

— Eh bien! répondit-elle, où *je commence.*

— Non, il faut commencer un peu avant toi, il faut commencer avec Jupiter...

— C'est juste... Cherche Jupiter.

— Attends... cela doit être dans la première quinzaine de mai... Oui, m'y voilà... « *Jeudi* 15 *mai.* Aller voir, chez Chéri, » *Jupiter,* cheval bai brun, sept ans. Indica- » tions du catalogue: *Excellent cheval de* » *selle, hautes actions, saute bien, a été monté* » *en dame.* Doit se vendre le 21 mai. Très » recommandé par d'Estilly. » Et deux pages plus loin: « *Samedi* 17 *mai.* Vu Jupiter. » Le cheval paraît très bien. Irai jusqu'à » 3,000 francs. » Et enfin, quatre pages plus loin: « *Mercredi* 21 *mai...* »

— Le jour de notre rencontre en chemin de fer. Je me rappelle la date.

— Oui, tu as raison... « *Mercredi* 21 *mai.* « Au ministère de la guerre. — Chez ma » sœur. — Acheté Jupiter, 2,900 francs... —

» Au retour, dans le train, ravissante jeune » fille assise en face de moi. »

— Il y a ça?... Tu n'arranges pas un peu par politesse?

— Je n'arrange rien.

— Montre.

— Tiens, regarde...

— Oui... je vois... *ravissante*... il y a : *ravissante*...

— A toi maintenant... Tu dois avoir quelque chose le 21 mai...

— J'espère bien que non! Est-ce que tu crois que j'ai écrit: *Au retour, dans le train, ravissant jeune homme assis en face de moi?*

— Non... pas ravissant jeune homme... mais enfin regarde tout de même.

— C'est bien par acquit de conscience... Voyons. — « *Mercredi* 21 *mai*... Au Louvre. . » chez ma tante... Au Salon... » Il n'y a rien, je te dis... Tiens, si... je vois quelque chose.

— J'en étais bien sûr... Tu avais fait attention à moi...

— Voici ce qu'il y a... « Au retour, en » chemin de fer, assis en face de moi, un » jeune homme. Il m'a regardée tout le long, » tout le long de la route... Dès que je levais » les yeux, il les baissait ; mais dès que je les » baissais, il les levait ; et, à partir de Chatou, je n'ai plus du tout osé les lever, les » yeux, tant je me sentais sous son regard... » J'avais un roman anglais dans mon sac ; » je l'ai pris, je me suis mise à lire, mais le » soir j'ai été obligée de recommencer tout » ce que je croyais avoir lu en chemin de » fer. »

— Ce n'est pas tout... Je crois qu'il y a autre chose...

— Oui... mais sans le moindre intérêt.

— Lis toujours ; moi, j'ai tout lu.

— Oh ! toi... toi... Je vois bien ce qui va arriver. Toi, ce sera tout le temps de petites notes sèches et arides, tandis que, moi, il y aura des détails, des développements. Je vais t'expliquer pourquoi... Quand Mlle Guizard, mon institutrice, m'a quittée, elle m'a dit : « Ma chère enfant, vous n'écrivez pas mal du tout, mais il faut continuer à travailler; il faut faire des gammes pour le style comme pour le piano. Prenez l'habitude d'écrire tous les soirs trois ou quatre pages sur n'importe quoi... sur votre journée, sur les visites que vous aurez reçues ou rendues, etc. » Et alors, moi, je faisais ce que m'avait recommandé Mlle Guizard.

— Bien, bien.

— Non, je tiens à m'expliquer nettement là-dessus, parce que, je le répète, je sais ce qui va arriver... Tout à l'heure tu croiras voir des exaltations de sentiment et des débordements de passion, là où il n'y aura que des exercices de style et des essais de narration française. Je ne veux pas que tu puisses t'y tromper.

— Je ne m'y tromperai pas... Mais qu'est-ce qu'il y a après : *il m'a regardée tout le temps?*

— Rien du tout sur toi... Tiens, écoute : « Est-ce que ce serait vrai ce que disait » grand'maman avant hier : — C'est extra- » ordinaire... cette petite Jeanne, tout d'un » coup, est devenue très jolie. » Et puis toute une conversation entre maman et grand'maman ; maman reprochait à grand'-maman de me dire des choses pareilles, de me donner de l'amour-propre, etc, etc. Aucun intérêt, je te dis... Continue.

— Je n'ai rien le 22.

— Moi non plus.

— « 23 *mai*. Jupiter arrivé. Essayé le » cheval sur la terrasse et dans la forêt. Je » le crois excellent. »

— Et sur moi ?

— Rien.

— Ah ! c'est un peu humiliant, car j'ai, moi, quelque chose sur toi, le 23. « Le jeune » homme qui m'a regardée avant-hier dans » le train, c'était un militaire. Il a passé tout » à l'heure, à cheval, en uniforme. Il avait

» trois galons d'argent sur les manches. Je » dis qu'il a passé ; il a fait plus que passer... » C'est absurde ce que je vais écrire, mais » enfin puisque c'est pour moi toute seule que » j'écris... Est-ce qu'il m'aurait vraiment » remarquée, hier, en chemin de fer? Est-ce » qu'il se serait informé? Est-ce qu'il saurait » que je demeure ici? Est-ce qu'il aurait » voulu briller devant moi? Il est resté au » moins un quart d'heure, là, sur la ter- » rasse, entre le pavillon Henri IV et la » grille du Boulingrin, faisant faire des pas » de côté à son cheval, et des pirouettes, » et des changements de pied, et des voltes » sur place, etc., etc., etc. Espérer me sé- » duire par de tels moyens, ce serait d'un » homme bien vulgaire. »

— Quelle injustice! Tu vois, là, sur mon carnet : *Essayé Jupiter*. J'essayais Jupiter et je découvrais qu'il avait reçu une très brillante éducation... Mais continue.

— Je continue. « Le soir, après dîner,

» je dis à Georges, qui, malgré ses douze
» ans, passe encore sa vie à jouer aux sol-
» dats de plomb et qui est très ferré sur les
» choses militaires : — Georges, qu'est-ce
» que c'est qu'un officier qui a trois galons
» d'argent sur les manches? — C'est un
» capitaine. — Est-ce beau d'être capi-
» taine? — Ça dépend. C'est beau à vingt-
» cinq ans, c'est laid à cinquante...

» Vingt-cinq ans, il a peut-être un peu
» peu plus, mais pas beaucoup. Grand'-
» maman, qui a l'oreille fine, avait entendu
» ma conversation avec Georges, et elle se
» met à dire : — Vous ne savez pas ce qui
» se passe? Jeanne demande à Georges des
» renseignements sur les militaires...

» Je deviens rouge comme une pivoine.
» De là toute une longue discussion. Grand'-
» maman déclare qu'elle a un penchant
» pour les militaires, et maman s'écrie
» qu'elle ne pourrait jamais se résigner à
» me donner à *un monsieur qui me trim-*

» *balerait de garnison en garnison.* Je me » demande pourquoi j'écris toutes ces folies » sur ce cahier. C'est bien pour obéir à » Mlle Guizard. » Là, tu vois, c'est écrit... A toi, j'ai fini.

— Le 24, deux lignes... « Rencontré à » cheval dans la forêt la jeune fille de » mercredi dernier. Bien jolie décidément » et pas mal à cheval. »

— Voilà tout... C'est d'une concision! Cela aurait besoin d'un petit commentaire.

— Le voici, mon amour, le petit commentaire. Tu as raison... Elles sont d'une affreuse sécheresse, mes notes... mais, vois-tu,, si je n'avais pas peur d'avoir l'air de vouloir faire un madrigal...

— N'aie donc pas peur... il n'y a personne...

— Je te dirais que tout ce qui n'est pas écrit sur le petit cahier est écrit là... dans mon cœur. Cette matinée de mai, cette rencontre dans la forêt... aujourd'hui après deux années écoulées, je me rappelle tout cela, et dans les moindres détails. Nous avions manœuvré de cinq à sept heures, sur le terrain des Loges, dans une horrible poussière. Je ramène mon escadron au quartier... Je change de cheval et je repars sur Jupiter.

— Cher Jupiter !

— Un quart d'heure après, j'étais au galop dans une longue allée montante, tout près du Val. Je vois venir une petite cavalcade, toi sur Jenny, ta jument noire, Georges sur son poney rouan, et le vieux Louis, par derrière, sur un grand cheval gris... Tu vois... je me souviens même de la robe des chevaux. Tout d'un coup, à cinquante mètres, j'ai un éblouissement .. Je te reconnais... Durement, brusquement, je mets au pas ce pauvre Jupiter. La petite cavalcade passe à côté de moi... Je te vois encore avec ton amazone grise, ton chapeau noir et les boucles blondes qui frisottaient sous ton voile...

Et pendant que tu passais, je me disais : « Non vraiment, il n'y a rien au monde de plus charmant que cette jeune fille ! »... Et toi, que te disais-tu?

— Ce que je me disais... je ne me rappelle plus... mais voici ce que j'écrivais.

Et d'une voix un peu tremblante, car elle avait été très émue par le *petit commentaire*, Jeanne lut ce qui suit :

— « Je l'ai rencontré ce matin près du » Val. Il arrivait au galop, et tout d'un coup, » en me reconnaissant, il a arrêté son » cheval... Oui, en me reconnaissant... J'ai » bien vu le mouvement. Je sais ce que c'est » qu'arrêter un cheval au galop... On le » prévient... Eh bien! il a arrêté son che» val, sans préparation, brutalement, d'un » seul coup, presque sur place. Il a passé » tout près de nous. Je n'ai pas osé le re» garder, mais j'ai bien senti qu'il me » regardait. Il n'était pas à dix pas de nous » que ce petit nigaud de Georges me dit : —

« Oh! Jeanne, as-tu vu? Comme il était drôle » avec toute cette poussière! Il avait l'air » d'un pierrot! C'est un capitaine du 21e. » Il y avait le numéro 21 sur le collet » de son uniforme... »

» J'étais furieuse contre Georges... Pourvu » qu'il n'ait pas entendu! »

— J'avais entendu... Je me rappelle maintenant.

— Allons, lis, c'est à toi.

— « *Mercredi* 25 *mai*. Revu mon inconnue; » elle habite une des maisons de la ter- » rasse. Je passais en voiture; elle était à » la fenêtre; elle m'a aperçu, et il m'a » semblé que c'était parce qu'elle m'aper- » cevait qu'elle quittait la fenêtre brusque- » ment, très brusquement... Mon Dieu! » comme elle est gentille! »

— Tiens! c'est un peu moins sec que tout à l'heure. Il y a progrès... Tu mets des verbes... Tu commences à écrire de vraies phrases.

— C'est peut-être parce que je commence à être amoureux... A toi...

— « 25 *mai.* J'étais à la fenêtre; je vois » venir une petite charrette anglaise très » jolie, tout étincelante au soleil, traînée » par un amour de poney noir comme de » l'encre; sur le siège un petit groom » d'une tenue irréprochable... Et à côté du » petit groom, lui, le capitaine. J'aurais dû » rester bien tranquillement à la fenêtre. » Je n'ai pas pu. Je me suis dit : « Je vais le » regarder, il va s'apercevoir que je le » regarde. » La peur m'a prise; je me suis » sauvée au fond du salon. Grand'maman » m'a dit : — Qu'est-ce que tu as donc, » Jeanne? — Rien du tout, grand'maman.

» Georges, qui était avec moi à la » fenêtre, s'écrie : — « Jeanne, tu ne sais » pas, ce capitaine qui vient de passer dans » cette jolie charrette, je crois que c'est le » pierrot d'hier matin. »

— Le pierrot, c'était moi.

— Toi-même... Le 26 mai, je n'ai rien, absolument rien. Oh! tu peux lire. Il n'est pas question de toi. « Essayé ma robe rose. » Elle allait bien, mais il n'y avait pas » assez de petits plissés. J'en fais ajouter, » etc... etc. » Je ne pensais qu'à ma robe rose... Tu vois que je n'étais pas à ce point préoccupée...

— Eh bien! le 26 mai, pour moi, c'est le jour de Picot. Je n'ai là que deux lignes, mais elles sont éloquentes. « Donné vingt » francs à Picot. C'est un profond diplo- » mate. »

— Voici la place, ou jamais, d'un nouveau commentaire.

— Très volontiers... Le matin, en déjeunant à la pension, j'avais dit à Dubrisay, qui est toujours à rôder à cheval dans la forêt : « Est-ce que tu ne connais pas une jeune fille qui monte avec un petit bambin d'une douzaine d'années et un vieux domestique? — Attends donc... elle monte une jument noire, la jeune fille. — Et le vieux domestique un cheval gris, dit un autre de ces messieurs. — Et le bambin un poney rouan, ajoute un troisième. » Là-dessus grande discussion sur le mérite des chevaux. Le poney rouan paraissait excellent, et la jument noire un peu fatiguée.

— C'était vrai... heureusement!

— Oh! oui, heureusement!... Moi de répliquer : « Je ne vous parle ni du cheval gris ni de la jument noire, je vous parle de la jeune fille. » Et tous les trois me répondirent qu'ils ne regardaient jamais que les chevaux. J'étais bien avancé! Je rentre chez moi. Vers trois heures, je vois Picot, mon ordonnance, qui flânait dans la cour. Je l'appelle par la fenêtre. C'est un Parisien, Picot, et très *débrouillard*... Je lui dis : « Picot, tâche donc de savoir adroitement ce que c'est que des personnes qui demeurent dans telle maison sur la terrasse... L'entrée est rue des Arcades...

— Bien, mon capitaine. — Mais tu comprends, adroitement. — Oui, mon capitaine. — Si tu découvres quelque chose, tu me le diras demain matin au quartier. »

— Tu n'étais pas bien impatient; tu aurais bien pu lui dire de revenir tout de suite.

— C'est bien ce qu'il a fait. Une heure après, il arrivait triomphant... Et alors Picot a prononcé un discours si remarquable que je me suis amusé à le transcrire aussi exactement que possible sur le petit agenda.

— Je me suis amusé!... Le lâche faux-fuyant! Dites donc la vérité... Avouez donc qu'il ne vous était pas désagréable d'écrire des choses où il était question de moi, et alors j'avouerai peut-être, moi, qu'il ne m'était pas désagréable d'écrire des choses où il était question de... toi.

— Eh bien! je l'avoue.

— Et moi aussi... Lis maintenant.

— Je lis. « Picot arrive et me dit : — « Mon capitaine, je sais tout. Seulement, » je vous en prie, dès que j'aurai commencé, » ne m'interrompez pas par des questions, » parce que ça bout là-dedans, ça bout... » Je me suis rabâché ma leçon tout le long » de la route pour ne pas oublier. La mai- » son a été louée, il y a trois semaines, par » des Parisiens. Le patron est un M. Labli- » nière, un ingénieur, un industriel... il » construit des machines à vapeur, des » télégraphes, etc. Il est là avec sa belle- » mère, sa femme et ses deux enfants : une » jeune fille (dix-neuf ans) et un petit garçon » (douze ans)... Attendez, je sais le nom des » enfants... Jeanne et Georges... Ils sont » riches, très riches... Cinq chevaux à l'écu- » rie, trois voitures sous la remise, quatre do- » mestiques mâles, une cuisinière, trois fem- » mes de chambre : Julie, Adelaï... Mais ça » doit vous être égal, mon capitaine, le nom » des femmes de chambre... Leur adresse

» à Paris, 28, boulevard Haussmann. Com-
» ment j'ai appris tout cela? En causant
» avec le concierge... Non, non, ne m'inter-
» rompez pas... Ça me troublerait... Je vois
» ce qui vous inquiète, mon capitaine. Vous
» croyez que j'ai fait une bêtise, que j'ai dit
» que je venais de votre part? Pas du tout.
» Vous vous demandez : « Comment cet im-
» bécile de Picot s'y est-il pris pour engager
» la conversation? » Ah! ça n'a pas été bien
» difficile, mon capitaine. Je n'ai pas eu grand
» mérite, allez!... Il était devant sa porte, le
» concierge. Je suis arrivé tout doucement
» sur lui, avec l'air d'un militaire qui flâne
» sans but, et, quand j'ai été juste devant lui,
» j'ai fait comme ça : — Ouf, il fait chaud!...
» Il a répondu : — Oh! oui, il fait chaud!...
» J'ai continué : — Moins chaud qu'hier
» pourtant... Il a répondu : — Oui, parce
» qu'il y a un peu d'air...

» Ça y était; la glace était rompue; nous
» nous sommes mis à causer; au moment

» où je commençais à manœuvrer pour » arriver à la grosse question, je vois des- » cendre du perron, au fond de la cour, » une jeune demoiselle diablement gentille, » mon capitaine, sauf permission, avec un » gros morceau de pain à la main. Je dis » au concierge : — C'est votre bour- » geoise?... Il me répond : — C'est la fille » du locataire, un monsieur de Paris...

» Alors il se met à défiler le chapelet de » ce que je vous ai dit tout à l'heure. Il » n'y avait aucun mérite, je vous le répète, » mon capitaine. Il allait tout seul, ce con- » cierge. Il y a des concierges qui sont un » peu durs à la détente, mais celui-là, pas » du tout, il ne demandait qu'à bavarder. » Ça roulait. Ça roulait... Et puis il avait » été militaire, dans la cavalerie, au 6e dra- » gons, et, quand on a été militaire, on » aime toujours à causer avec les mili- » taires. Enfin il parlait encore, le concierge, » quand je vois la jeune demoiselle re-

» traverser la cour sans son morceau de » pain. Le concierge me dit : — La revoilà, » la fille du monsieur de Paris; tous les » jours elle va donner du pain à son che- » val dans l'écurie...

» Cependant la jeune demoiselle remon- » tait le perron, mais très lentement, en » me regardant. Elle paraissait étonnée de » me voir là; elle avait l'air de se dire : » — Mais qu'est-ce qu'il fait donc là, ce » chasseur?...

» Elle rentre dans la maison... Pendant » ce temps, le concierge m'en faisait un » éloge, de cette demoiselle... oh! mais un » éloge! qu'elle était si douce, si bonne, et » pas seulement pour les chevaux, aussi » pour les personnes. Ainsi, tenez, quand » ils sont arrivés, il y a trois semaines, la » petite fille du concierge était malade... » Eh bien! croiriez-vous que cette demoi- » selle... Mais pardon, mon capitaine... ça » ne vous intéresse peut-être pas, tous ces

» détails... Si, ça vous intéresse ? C'est bien, » alors je continue... Je vous disais donc » que cette petite fille du concierge, elle » venait la voir, tous les jours; elle lui » envoyait des bouillons, des choses bonnes » à manger; elle lui apportait elle-même » des joujoux, des bonbons; elle restait » quelquefois des quarts d'heure dans la » loge, à lui raconter des histoires, à cette » enfant!...

» Le concierge était en train de me » raconter ça, quand arrive une femme de » chambre... une assez belle personne, » mon capitaine, sauf permission. Elle » arrive donc et dit au concierge : — Est- » ce qu'il n'y a pas une lettre pour Made- » moiselle? — Oh! non, les lettres pour » Mademoiselle, je les monte tout de suite, » vous savez bien...

» Moi, je me disais : — Tiens, on pour- » rait peut-être en tirer quelque chose, de » la femme de chambre... Alors je recom-

» mence : — Il fait chaud, mademoiselle.
» — Oh! oui... Je continue : — Un peu
» moins chaud qu'hier...

» Ça réussit tout aussi bien qu'avec le
» concierge, et voilà la conversation qui
» recommence. La femme de chambre me
» demande si je ne connais pas un certain
» Camus, brigadier au 10e hussards...
» Nous bavardions, lorsque tout d'un coup
» elle s'écrie : — Oh! je me sauve... Made-
» moiselle qui m'attend! — Et elle se fâche-
» rait, votre maîtresse?... Elle vous gronde-
» rait? — Ma maîtresse se fâcher, me
» gronder, jamais de la vie! Il n'y a rien
» au monde de meilleur que Mademoi-
» selle!... »

— C'est tout?

— Oui, c'est tout.

— Ainsi vous me faisiez espionner...

— Positivement; mais ton récit du 26 à toi?

— Le voici. « *Mardi* 27 *mai*. Hier, dans

» l'après-midi, j'allais porter du pain à » Nelly; en descendant le perron, je vois » un militaire qui causait avec le concierge. » Je reste cinq minutes à l'écurie; en sor- » tant, je regarde : le militaire est encore » là... Je remonte dans ma chambre. J'y » trouve Julie. Oh! quand la curiosité vous » prend, c'est horrible! Je dis à Julie : — » J'attends une lettre de Paris, allez donc » voir si elle n'est pas chez le concierge...

» Elle part... j'attends... Julie ne revient » pas. Je vais dans mon cabinet de toilette » qui donne sur la cour, je vois Julie : elle » cause avec ce militaire! Enfin elle revient. » — Il n'y avait pas de lettre, mademoiselle. » — Vous êtes restée bien longtemps. — Mais » non, mademoiselle. — Si fait, je vous ai » vue; vous causiez avec un hussard. — » Un hussard! Oh! non, mademoiselle. — » Puisque je vous ai vue... — Je ne causais » pas avec un hussard, mademoiselle; » c'était un chasseur; il y a une différence

» dans l'uniforme. Les hussards ont des
» tresses blanches et les chasseurs ont des
» tresses noires; les hussards ont le collet
» pareil au dolman et les chasseurs ont le
» collet rouge. — Comment savez-vous tout
» cela, Julie? — J'ai un cousin dans les
» hussards, mademoiselle; ici, à Saint-Germain, il n'y a pas de hussards, il n'y a que
» des chasseurs : deux régiments, le 21e et
» le 22e; ils font brigade ensemble... Le
» soldat qui était là, c'était un chasseur
» du 21e...

» Du vingt et unième! Son régiment!
» Ma conversation militaire avec Julie devait avoir des conséquences déplorables...
» Vers six heures, nous allons avec maman
» faire un tour à pied sur la terrasse. Nous
» rencontrons deux officiers de chasseurs.
» Maman me dit : — Ils ont de jolis chevaux,
» ces hussards.

» Je lui réponds étourdiment : — Ce ne
» sont pas des hussards, maman, ce sont

» des chasseurs ; les hussards ont des
» tresses blanches et les chasseurs ont des
» tresses noires; les hussards ont le collet
» pareil au dolman et les chasseurs...

» Je n'achève pas... Je regarde maman.
» Elle était stupéfaite! — Comment sais-
» tu tout cela? — Mon Dieu! maman, c'est
» Julie... Elle a un cousin dans les hus-
» sards... Alors, un jour, pendant qu'elle
» me coiffait... — Singulier sujet de con-
» versation! dit maman...

» Nous en restons là... Mais tout n'était
» pas fini. Papa revient de Paris, on se
» met à table, et papa nous raconte qu'il a
» rencontré en chemin de fer un officier...
» Si c'était lui!... Un colonel... ce n'est
» pas lui!... Papa a passé un mois, l'année
» dernière, avec ce colonel à Cauterets.
» Ils faisaient le whist ensemble. Ils ont
» renoué connaissance tout à l'heure. Papa
» l'a invité à dîner la semaine prochaine,
» le mercredi 4 juin.

13

» Je dis à papa : — Est-ce que le régi-
» ment de ce colonel est à Saint-Germain?
» — Oui, son régiment est ici. — Est-ce le
» 21e ou le 22e? — Il y a donc deux régi-
» ments ici? — Oui, papa, le 21e et le 22e ;
» ils font brigade...

» Voilà papa encore plus suffoqué que
» maman. — Mais qui est-ce qui t'a appris
» cela? — Mon Dieu! c'est Julie, elle a un
» cousin dans les hussards... — Je n'y
» comprends rien, dit maman; Jeanne de-
» puis quelque temps ne parle plus que de
» chasseurs et de hussards. — Eh! eh! dit
» grand'maman, elle a peut-être distingué
» quelque bel officier...

» Je deviens écarlate; je réponds avec
» impatience, presque avec colère. Je com-
» mence à lui en vouloir sérieusement, à
» ce monsieur que je ne connais pas, que
» je ne connaîtrai jamais. Oui, je lui en
» veux d'avoir fait ainsi irruption dans ma
» vie. Pourquoi m'a-t-il regardée en che-

» min de fer? Pourquoi est-il venu faire de » la haute école sous mes fenêtres? Pour» quoi s'est-il mis au pas, l'autre jour, en » m'apercevant? Si je le rencontre, moi, » dès que je le reconnaîtrai, je prendrai » le galop, le grand galop... Hélas! le » grand galop, ce n'est plus trop l'affaire » de ma pauvre Nelly; elle vieillit. Aussi » papa va-t-il, pour ma fête de naissance, » me donner un autre cheval...

» Je voudrais bien savoir si c'est *son* » colonel qui doit dîner ici le mercredi » 4 juin. »

C'était la dernière phrase du bulletin du 27 mai.

Elle passa ensuite en revue une dizaine de pages de son cahier.

— Du 28 mai au 3 juin, rien sur toi, absolument rien...

— Et là, répondit-il, rien non plus sur toi. C'est que nous avons eu la douleur de ne pas nous voir pendant ces huit jours. Je n'étais pas à Saint-Germain... Nous étions partis, une vingtaine d'officiers des deux régiments, avec le général et les colonels, pour des manœuvres avec cadres, entre Vernon et Rouen. J'avais emmené Jupiter, et mes petites notes de cette semaine de voyage sont pleines de choses fort aimables pour mon nouveau cheval : *Jupiter irréprochable... vigoureux, ardent et sage... Hier le colonel a monté Jupiter et l'a trouvé parfait*, etc., etc. Le 3 juin, à huit heures du soir, nous rentrions à Saint-Germain, et le 4 juin... Je ne t'avais pas oubliée... tiens, regarde. Là... *Vais-je la revoir, la petite blonde de la terrasse ?*

— Et voici mon 4 juin, à moi : « Je sais » son nom. Ce soir, nous avons eu le colo- » nel à dîner. Il arrive à sept heures. Mes » regards vont droit au collet de son uni- » forme... Je vois le chiffre 21... C'était » bien *son* colonel ! Pendant le dîner, con- » versation parfaitement banale... mais,

» après le dîner, pendant que je servais le » café... — Colonel, dit papa, vous pour» riez peut-être me rendre un service : je » voudrais donner un cheval à cette jeune » personne; si vous connaissiez une bonne » bête, très sage...

» Moi de protester : — Pas trop sage, » colonel; je monte très bien à cheval... » (Et c'est vrai, je monte très bien)... — » Je chercherai, répond le colonel, je m'in» formerai... Ah! un des officiers de mon » régiment a un cheval qui vous convien» drait admirablement, mademoiselle... je » l'ai monté ces jours derniers... Il est par» fait. — S'il voulait me le céder, dit papa, » avec un bon bénéfice... — Oh! cet offi» cier-là sera tout à fait indifférent au bon » bénéfice; il est riche, très riche... C'est » un capitaine, M. de Léonelle. — Un capi» taine et riche? s'écrie Georges; c'est peut» être l'officier que nous avons vu l'autre » jour dans une petite charrette anglaise

» avec un poney noir. — C'est lui-même.
» — Oh! nous le connaissons bien, ma
» sœur et moi; nous l'avons rencontré plu-
» sieurs fois...

» Pour le coup, je sens mes joues flamber,
» littéralement flamber... Le colonel me
» regarde... Je dois être cramoisie... Il va
» s'en apercevoir... Il nous quitte à dix
» heures et, en partant, me dit : — Je par-
» lerai demain matin à M. de Léonelle,
» mais j'ai grand'peur de ne pas réussir...
» Il adore son cheval...

» Les choses en sont là! Est-ce que je
» vais lui acheter *son* cheval? Papa m'a
» ouvert un crédit de trois mille francs. »

— Nous arrivons au 5 juin, la journée décisive... La séance chez le photographe de la fête.

— Et ta première visite. Commence.

La distance entre eux avait diminué. Elle était venue s'asseoir, non pas sur ses genoux, mais sur un petit pouf à ses pieds, et, pendant qu'il lisait, elle appuyait câlinement sa tête sur ses genoux, si bien que, profitant des avantages du terrain — il dominait la situation, — le capitaine se mit à embrasser Jeanne avec une certaine vivacité. Elle se dégagea... pas tout de suite.

— Allons, finis... lui dit-elle; finis et commence.

Il commença :

« *Jeudi 5 juin.* Ce matin, après la ma-
» nœuvre, nous rentrions au pas, le long
» de l'avenue des Loges. L'adjudant vient
» me chercher de la part du colonel... Je
» le rejoins en tête de la colonne. — Capi-
» taine, me dit-il, vous n'avez pas envie
» par hasard de vendre votre nouveau che-
» val? — Certainement non, mon colonel...
» — Même avec un joli bénéfice? — Même
» avec un joli bénéfice. — C'était pour une
» bien jolie personne et qui vous connaît.
» — Qui me connaît, mon colonel? — Oui,
» elle vous a rencontré plusieurs fois, elle

» vous a vu sur la terrasse... enfin elle avait
» l'air de vous connaître... et j'ai cru même
» remarquer que, lorsque j'ai prononcé
» votre nom hier, elle a rougi, rougi d'une
» manière très sensible. — Et qui est-ce
» donc, mon colonel? — C'est la fille
» d'un ingénieur, un M. Lablinière. —
» Une blonde, mon colonel? — Oui, une
» blonde. — Qui habite une maison sur
» la terrasse? — C'est cela même; vous
» voyez bien que vous la connaissez. — De
» vue seulement, mon colonel. — Eh bien,
» voyez si vous voulez céder votre cheval à
» cette jolie blonde... Au revoir, capitaine...

» Vendre Jupiter? à tout autre jamais!...
» A elle!... j'hésite... Elle est si jolie!...
» En entendant mon nom, elle aurait
» rougi... Le colonel a rêvé... Pourquoi
» aurait-elle rougi? Pourquoi?

» Ma sœur Louise arrive à onze heures...
» Elle vient me demander à déjeuner avec
» ses enfants. C'est la fête de Saint-Germain,

» et les enfants, après le déjeuner, demandent à aller voir les boutiques. — Mon oncle, s'il y a un photographe, tu nous feras faire nos portraits ? — C'est convenu...

» Il y a justement un photographe ; nous entrons dans sa baraque... Elle était là !... avec son petit frère, sa mère et un gros caniche noir. Le petit frère était à genoux par terre, près du caniche noir, et tâchait de le décider à rester bien tranquille : — Voyons, monsieur Bob..., ne bouge pas... c'est pour faire ton portrait...

» Mais monsieur Bob ne tenait aucun compte des prières du petit garçon, lequel, perdant courage : — Parle-lui, Jeanne, il n'y a que toi qui aies de l'autorité sur lui... et parle-lui en anglais ; il comprend l'anglais bien mieux que le français. — Mais non, Georges, tu es ridicule. — Jeanne, ma petite Jeanne...

» Elle se décide et, regardant monsieur

» Bob bien sévèrement : *Now, Bob, Master*
» *Bob, be obedient ! look at me ! so... Now be*
» *still !... Hush !... Still !...*

» Elle a décidément de l'autorité sur le » caniche noir. Il se tient immobile... Sa » voix est charmante. Et son visage !... Je » l'ai contemplée là, tout à mon aise, en » pleine lumière... c'est une merveille de » grâce et de jeunesse. »

— Attends un peu... Montre.

— Pourquoi ?

— Je crois toujours à de petits arrangements.

— Tu as tort... Regarde.

— Oui... je vois.., *Merveille de grâce et de jeunesse*... C'est bien... Continue...

— Je continue !

« Elle aura Jupiter ! En partant, elle a dit à » ma sœur (il m'a semblé qu'il y avait un peu » d'émotion dans sa voix) : — Je vous demande » pardon, madame, de vous avoir fait » attendre...

» J'aurais dû trouver quelque chose à » dire... Mais rien, je n'ai rien trouvé. J'ai » été absurde... Je me suis incliné... Elle » m'a fait un petit salut... Elle est sortie de la » baraque du photographe. — Quelle ravis- » sante jeune fille ! me dit ma sœur. — Ah ! » je crois bien !...

» Et me voilà parti ! Je raconte à ma » sœur comment elle se nomme, où elle » demeure... Le père est un ingénieur du » plus haut mérite, etc. J'avais besoin de » parler d'elle... Stupéfaction de ma sœur. » — Mais tu es amoureux ! — Amoureux ! » non. — Si fait, tu es amoureux ! Eh bien, » il faudra s'informer...Cela me ferait une » très jolie belle-sœur...

» Je reconduis Louise au chemin de fer... » Non, je ne suis pas amoureux... Mais » elle aura Jupiter ! Seulement, une inquié- » tude me prend... Oui, le catalogue de » Chéri disait bien : *a été monté en dame...* » Mais il faut se défier des indications de

» catalogue... Pauvre chère petite! Si un
» accident lui arrivait! J'avais chez moi
» une selle de femme. Ma sœur venait quelquefois
» monter à cheval à Saint-Germain.
» Je dis à Picot: — Mets la selle de femme
» sur Jupiter, et conduis-le au manège.
» Prends une couverture...

» Un quart d'heure après, je faisais monter
» Picot *en dame* sur Jupiter; je lui avais
» enveloppé les jambes dans la couverture
» pour lui tenir lieu d'amazone. Jupiter
» prend le galop. — Ah! mon capitaine, il
» connaît son affaire, me crie Picot, il a
» été monté en dame...

» Je veux faire l'essai moi-même. Je m'installe
» à mon tour sur Jupiter *en dame*,
» avec les genoux entortillés dans la couverture.
» Je trotte Jupiter et je le galope,
» et, pendant que je le trottais, et pendant
» que je le galopais, je me disais : — Quand
» je pense que si je suis là, dans cette position
» et dans cet accoutrement ridicules,

» c'est parce que j'ai rencontré, il y a quinze » jours, en chemin de fer, une blondinette » qui lisait un roman anglais!...

» Allons, décidément, Jupiter se monte » en dame... Elle aura Jupiter!... Oui; » mais comment le lui donner? Il serait » correct de mettre le cheval à la disposi- » tion du colonel. Non, je vais aller moi- » même chez elle, tout de suite... Je pars... » Picot me suivait, tenant Jupiter en » main... Nous arrivons; nous entrons dans » la cour. Je regarde Picot; il avait un air » malin; il se disait: — Eh! eh! c'est donc » pour cela que mon capitaine m'a envoyé » aux renseignements...

» Je sonne. — Monsieur Lablinière? — » Monsieur est à Paris. — Madame Labli- » nière? — Madame est ici. — Faites pas- » ser ma carte. Dites que je viens pour un » cheval...

» Le domestique va m'annoncer. Si elle » allait ne pas y être! J'entre... Elle était

» là!... avec sa mère, sa grand'mère, son
» petit frère et son caniche noir... Alors je
» ne sais plus ce qui s'est passé. J'ai dû
» être absurde. Je me souviens vaguement
» qu'il a été question de pelham, de mar-
» tingale à anneaux. Je crois lui avoir dit
» que le cheval s'appelait Jupiter... et je
» suis parti en la priant de garder Jupiter,
» de l'essayer pendant huit jours, pendant
» quinze jours... Il a bien fallu parler aussi
» du prix. Les mots, à ce moment, m'écor-
» chaient les lèvres... Je ne pouvais pour-
» tant pas lui donner Jupiter. Il faudra
» que je prenne *son* argent. Nous sommes
» descendus dans la cour, et là, près de
» Jupiter, nouvelle conversation aussi ridi-
» cule, aussi folle que la conversation dans
» le salon. Je me mourais d'envie de dire
» à cette charmante créature: Vous êtes
» un ange et je vous adore! Et je lui di-
» sais: Il faudra donc donner dix litres
» d'avoine au cheval, etc., etc. J'ai débité

» d'étonnantes inepties. Je lui ai dit, je » m'en souviens maintenant, que le cheval » avait besoin d'un petit poids et qu'il se» rait plus heureux avec elle qu'avec moi... » J'ai dû faire sur elle, avec des phrases » pareilles, une impression désastreuse. » Enfin, je suis parti avec Picot; j'avais si » bien la tête à l'envers, qu'en rentrant » chez moi, tout le long du chemin, j'ai » causé avec Picot... pour parler d'elle... » Et cela me remuait tout doucement le cœur, quand Picot me disait : — La jolie » blonde... elle a eu une façon de me re» garder... Je crois bien qu'elle m'a reconnu. » Elle m'avait bien dévisagé, le jour où je suis » allé faire causer le concierge. C'est elle, la » jolie blonde, mon capitaine, qui a été si » bonne pour la pauvre petite fille malade. »

— Brave Picot, c'est un peu lui qui a fait notre mariage...

— Ma foi, oui, il a été le premier à me donner de très bons renseignements.

— Et moi qui n'avais pas de renseignements sur toi et qui commençais déjà à t'aimer... sans renseignements ! Tiens... tu vas en juger.

« *Jeudi* 5 *juin*. Les événements se précipitent; comment cela finira-t-il, mon » Dieu ? J'ai *son* cheval. Il s'appelle Jupiter. » Il est là, dans notre écurie, entre Nelly et » le poney de Georges. Tâchons de mettre un » peu d'ordre dans ma pauvre tête. Que de » choses dans cette journée ! Georges, après » le déjeuner, me dit : — Petite sœur, tu » sais qu'aujourd'hui nous devons aller chez » le photographe de la fête pour faire faire » le portrait de Bob. — Tu peux bien y » aller sans moi avec maman. — Non, si » tu n'es pas là, Bob ne restera pas tran- » quille...

» Je me résigne, nous partons, nous ar- » rivons chez le photographe. Au moment » où Bob commençait à poser, je vois en- » trer dans la baraque... Qui ça ?... Lui !...

» et pas seul... avec une femme, toute jeune » et toute charmante. Qu'est-ce que c'est » que cette femme? Mais voici deux en- » fants. Ils l'appellent *mon oncle*... C'est sa » sœur! Georges ne pouvait faire entendre » raison à Bob; alors j'ai été obligée de » jouer là, sous ses yeux, une scène ridi- » cule. J'ai dû lui faire l'effet d'une petite » idiote. J'ai adressé à Bob des discours en » anglais. J'avais l'air de montrer un chien » savant. Je me suis sauvée toute rouge de » honte et de confusion. Je rentre à la mai- » son, désolée, furieuse. Je m'enferme dans » ma chambre. Cependant, à cinq heures, » il faut bien descendre pour le thé.

» Je descends. J'arrivais à peine, Pierre » apporte une carte. — Madame, c'est un offi- » cier, un capitaine de chasseurs! — Je ne » connais pas, s'écrie maman, je ne connais » pas de capitaine de chasseurs! Je viens » à la campagne pour être tranquille » et la maison est envahie par des soldats!

» Un colonel hier !... un capitaine aujour-
» d'hui !... Nous aurons demain tout le régi-
» ment ! Qu'est-ce qu'il veut, ce capitaine ?
» — Madame, il m'a dit qu'il venait pour
» un cheval. — Regarde donc cette carte,
» Jeanne... mais qu'est-ce que tu as ?
» comme tu es rouge !... Tu as le sang à la
» tête. — Non, maman. — Eh bien, regarde
» et lis...

» Je prends la carte et je lis : *Comte*
» *Roger de Léonelle, capitaine au* 21e *chas-*
» *seurs.* Comte ! il est comte ! Il ne man-
» quait plus que cela ! — Léonelle ! s'écrie
» Georges, mais c'est l'officier du cheval
» pour Jeanne. — C'est vrai, dit maman, le
» colonel a dit ce nom-là hier... Et ton
» père qui n'est pas là... Enfin, il faut le
» recevoir, ce monsieur... Faites entrer,
» Pierre... Seulement, Jeanne, c'est toi qui
» porteras la parole, parce que, tu sais,
» je n'entends rien, moi, aux choses de
» cheval...

» La porte s'ouvre... C'était lui !... Il » entre, il salue... et maman, après une » phrase suffisamment aimable, mais qui » aurait pu l'être davantage, maman me » dit : — Jeanne, c'est pour ton cheval, vois » donc avec monsieur...

» Nous voilà tous les deux en présence. » Tout le poids de la conversation retom- » bait sur moi. Il a été charmant, lui, de » grâce, de tact et de simplicité. Et moi, » j'ai été stupide, positivement stupide. Je » me sentais inerte, écrasée, anéantie. Je » vais essayer de me rappeler les termes » de cette conversation qui a dû lui don- » ner de moi une si déplorable idée. Nous » étions là, assis à deux pas l'un de l'autre. » Moi, heureusement, à contre-jour. — » Mon colonel m'a parlé ce matin, made- » moiselle, et m'a dit que vous cherchiez » un cheval. — En effet, monsieur, c'est » papa qui me le donne pour ma fête de » naissance...

» Était-ce assez bête ! Quel besoin de lui » dire cela?... C'est que les paroles ne me » venaient pas et alors, dans mon trouble, » je disais n'importe quoi. Il continue : — » Je peux mettre à votre disposition un » cheval qui, je crois, vous conviendra par- » faitement. — Je vous remercie, monsieur, » mais votre colonel a dit hier que vous ai- » miez beaucoup ce cheval et je ne voudrais » pas... — Mon Dieu, mademoiselle, c'est » un excellent cheval, et sans cela je ne me » permettrais pas de vous le proposer, mais » il est un peu mince pour moi ; un petit » poids lui conviendra mieux.

» Il mentait, car le colonel l'a monté, le » cheval... et l'a trouvé merveilleux... Et » pour porter le colonel ! il n'est pas d'un » petit poids, le colonel ! Il est énorme ! ! !

» *Un petit poids lui conviendra mieux.* » Était-ce assez aimable sous une forme » parfaitement discrète et distinguée ! Il » faut bien pénétrer le sens caché de cette

» phrase. Cela voulait dire: « Vous êtes, » vous, fine et légère, vous êtes une plume, » vous êtes un oiseau !... »

» Il ajouta : — Notre travail est quelque- » fois très dur... Le cheval sera plus heu- » reux avec vous...

» *Plus heureux avec vous!!!* Il a prononcé » cette phrase avec une sorte de douceur, » presque de tendresse. C'était une façon » détournée de me dire : « On ne peut pas » ne pas être heureux avec vous. Tout le » monde doit être heureux avec vous, » même les chevaux! »

» Peut-on rien imaginer de plus ingé- » nieux, de plus délicat? »

Et Jeanne s'interrompant tout à coup :

— Alors tu ne te rendais pas compte de toutes ces jolies choses que tu me disais?

— Non.

— Les pensais-tu, au moins?

— Oui.

— C'est l'essentiel... je reprends.

« Et moi, pour le remercier, je réponds
» sèchement : — Eh bien! monsieur, j'ac-
» cepte; quand pourrai-je essayer le che-
» val? — Mais je l'ai amené; il est là, ma-
» demoiselle. Je vais vous le laisser. Vous
» le garderez à l'essai huit jours, quinze
» jours, tant que vous voudrez; on ne sau-
» rait trop essayer un cheval. — Oh! mon-
» sieur, vous êtes trop complaisant. Je
» monterai le cheval demain... et papa
» vous portera tout de suite la réponse.
» — Non, mademoiselle, je vous en prie,
» gardez le cheval au moins deux ou trois
» jours, avant de vous décider. Il ne me fera
» nullement défaut. — Eh bien! soit, mon-
» sieur, et je vous suis bien reconnaissante...

» Il se lève, salue, allait sortir, lorsque
» tout d'un coup maman : — Mais, Jeanne,
» tu ne penses pas à une chose très impor-
» tante... le prix du cheval...

» Oh! maman, je l'aime bien, oui, je
» l'aime bien; je l'aime de tout mon cœur;

» mais vrai, là, pendant un quart de
» minute... pas plus... je l'ai détestée! Et
» elle avait raison, par-dessus le marché,
» maman. Il valait peut-être quatre ou cinq
» mille francs, le cheval... et alors mon
» budget ne m'aurait pas permis... Mais
» avoir à traiter directement avec lui cette
» misérable, cette basse question d'argent,
» cela me faisait horreur!

» Je me mets à dire : — C'est vrai, mon-
» sieur, c'est vrai, monsieur. Il y a la ques-
» tion du prix...

» Lui, heureusement, venant à mon
» secours : — Oh! mademoiselle, le cheval
» n'est pas d'un grand prix. — C'est que
» papa ne me donne que trois mille francs.
» — Trois mille francs! mademoiselle; le
» cheval ne vaut pas trois mille francs. Je
» l'ai payé moins que cela, et, quand on se
» défait d'un cheval, on est toujours pré-
» paré à ne pas rentrer tout à fait dans son
» argent!...

» Ah! c'est alors que je me suis dit :
» Mais il m'aime! mais il m'aime!! Ce cheval qu'il adorait, il veut me le vendre à perte, pour le seul plaisir de me le vendre!...

» Et je réponds dans mon trouble : — Oh! non, par exemple; il faudra que vous ayez un petit bénéfice. — J'en aurai un très grand, mademoiselle, si j'ai le bonheur de vous obliger. Que le cheval vous convienne, et je vous assure que, votre père et moi, nous nous mettrons facilement d'accord sur le prix...

» Là-dessus, salut circulaire à grand'maman, à maman, à moi, à Georges, à Bob, à tout le monde. Il allait partir, mais, sur le seuil de la porte, il s'arrête; il avait décidément de la peine à partir. »

— Oui, c'est vrai.

— « Il me dit qu'il désirerait donner quelques explications à notre cocher sur la manière de brider le cheval, sur le

» mors qui l'embouchait le mieux... Alors
» grand'maman... elle a été parfaite, grand'-
» maman!... Mais dame!.. grand'maman,
» elle n'est pas comme maman, elle ne
» déteste pas les militaires... Elle a donc
» été parfaite, elle a dit : — Descendons
» avec monsieur, Jeanne ; nous verrons le
» cheval... Louis doit être dans la cour.

» Nous sommes descendus, grand'ma-
» man, Georges, Bob, lui et moi... Le che-
» val était là, tenu en main par un chas-
» seur ; et, sur le dos du cheval, j'aperçois
» une selle de femme. Le capitaine voit
» mon étonnement. — J'ai une selle de
» femme, me dit-il, pour ma sœur, qui
» vient quelquefois monter à Saint-Ger-
» main... et tout à l'heure, comme je n'au-
» rais voulu pour rien au monde vous
» exposer à un accident, j'ai mené le
» cheval à notre manège et je l'ai fait
» monter en dame par mon ordon-
» nance.

» Je regarde l'ordonnance : c'est le chasseur de l'autre jour, le chasseur qui causait avec le concierge. Il me reconnaît, je le reconnais. Je deviens écarlate. Et le capitaine, lui aussi, rougit légèrement. Je crois bien qu'il a compris que nous nous reconnaissions, le soldat et moi...

» Ce n'était rien encore. L'ordonnance prend la parole et dit : — Mais mon capitaine aussi l'a monté en dame, le cheval, avec la couverture roulée en amazone. Il a voulu s'assurer par lui-même...

» Alors le capitaine est devenu si rouge et moi si pâle, que l'ordonnance s'est arrêté, ayant peur d'avoir dit une bêtise.

» Émue jusqu'aux larmes, je balbutiais : — Ah ! que vous êtes bon, monsieur, que vous êtes bon !...

» Lui, de son côté, répétait : — C'est bien naturel, mademoiselle, c'est bien naturel !...

» Et grand'maman, qui est fine, nous

» regardait avec ses petits yeux qui sont » très doux, mais très perçants.

» Louis, par bonheur, est arrivé. Il n'é» tait pas dans la cour; Georges était allé » le chercher. Alors, devant Louis, nous » avons eu encore un petit bout de conver» sation... Là je ne sais plus trop ce qui » s'est dit. Il a expliqué à Louis qu'il fallait » mettre au cheval un mors très doux. J'ai » interrompu pour dire : — Un pelham?... » Il a répondu : — Non, pas de pelham... un » mors très doux... Il a conseillé une mar» tingale simple ou à anneaux, je ne me » rappelle pas... Enfin il a poussé la bonté » jusqu'à donner des indications sur la » nourriture du cheval, tant d'avoine, tant » de paille, tant de foin. Après quoi, il » nous salua, il allait partir. Je fais un pas » vers lui. Il s'arrête. Je voulais absolu» ment lui dire quelque chose d'aimable, » de gentil... mais l'émotion m'étranglait, » les paroles ne venaient pas. Lui attendait

» et répétait : Mademoiselle... mademoi-
» selle...C'était une situation intolérable. Il
» fallait parler à tout prix... Je ne trouve
» que ceci : — Pardon, monsieur, comment
» s'appelle le cheval ? — Jupiter, mademoi-
» selle. — Merci, monsieur. — Mademoi-
» selle...

» Et il est parti avec le chasseur, qui
» emportait la selle de femme sur ses
» épaules. Il s'appelle Picot, ce soldat.
» Georges entre à l'écurie avec Louis. Je
» reste seule avec grand'maman qui me
» dit : — Jeannette, viens donc faire un
» petit tour dans le jardin...

» Là, sur un banc, elle m'a confessée,
» grand'maman, et je lui ai tout raconté...
» *tout*, c'est-à-dire *rien*, car il n'y a *rien* et
» cependant ce *rien* est *quelque chose*.
» Grand'maman m'a dit : — Petite folle!
» petite folle ! ne va pas te mettre en tête.
» — Je ne me mets rien en tête, grand'ma-
» man ; je sais très bien que tout cela, c'est

» le hasard, oui, c'est le hasard... Mais, je » t'en prie, pas un mot à maman ; elle se » moquerait de moi, et puis, elle n'est pas » comme toi, maman ; elle n'aime pas les » militaires. — Comment ! alors moi ? — » Oui, grand'maman, toi, tu les aimes, il » m'est arrivé plusieurs fois de me dire : » — Je ne sais pas, mais il me semble que » cela ne serait pas désagréable à grand'- » maman, si, par hasard, j'épousais un » militaire...

» Nous rentrons. — Enfin vous voilà, dit » maman, mais expliquez-moi ce qui se » passe. Il paraît que la cour était pleine » de soldats. — Pas du tout, maman, il n'y » avait... que ce monsieur et son ordon- » nance. — Son ordonnance ! tu parles la » langue des casernes. — Maman, c'est un » mot que j'ai entendu tout à l'heure. » — Il a l'air, d'ailleurs, parfaitement » comme il faut, ce monsieur, dit maman, » et puis, tu n'as peut-être pas fait atten-

» tion, en lisant sa carte. Tiens, il est » comte. — Comte ? — Oui, regarde. — » Non, je n'avais pas remarqué...

» Peut-on mentir plus effrontément? Ma- » man était très radoucie... Elle est excel- » lente, ma pauvre chère mère, mais elle a » une petite faiblesse. Si je devenais mar- » quise ou comtesse, elle serait ravie. Moi, » je n'attache pas à ces choses-là une grande » importance. Bien sûr, cela ne me ferait pas » aimer quelqu'un que je n'aimerais pas... » Mais enfin cela ne m'empêcherait pas » d'aimer quelqu'un que j'aimerais. »

— Tu as fini?

— Oui... et en voilà, je pense, assez pour un seul jour... A toi maintenant.

— « *Vendredi* 6 *juin*. Je dois y mettre de » la discrétion. Je n'irai pas dans la forêt, » je n'irai pas sur la terrasse. J'attends. »

— « *Vendredi* 6 *juin*. J'ai monté Jupiter » ce matin et je crois même que je ne l'ai » pas mal monté du tout. C'est la merveille

» des merveilles! Grand'maman dormait
» encore quand je suis partie ; en rentrant,
» je suis allée dans sa chambre pour lui
» dire bonjour. Elle écrivait. Elle ne m'avait
» pas entendue ouvrir la porte. Alors, vou-
» lant la surprendre, je suis arrivée en ta-
» pinois... »

— C'est ton habitude, il paraît...

— « Grand'maman écrivait une lettre
» qui commençait par ces mots : *Mon cher*
» *général*... Je n'ai vu que cela. Grand-
» maman a tout de suite caché la lettre.
» Je me rappelle que grand'maman connaît
» un général, qui occupe une belle position
» au ministère de la guerre. Pourquoi donc
» grand'maman lui écrit-elle ce matin ? Et
» surtout pourquoi a-t-elle caché sa lettre ?
» Après le dîner, on parle de l'affaire du
» cheval ; papa, demain, ne partira que
» par le train de midi ; il ira dans la matinée
» chez M. de Léonelle...

» La porte s'ouvre. C'était le colonel...

» et naturellement on reparle du cheval, de
» la visite projetée pour le lendemain;
» papa dit que cela le gêne un peu de ne
» partir qu'à midi, à cause de ses affaires.
» — Ne vous dérangez donc pas, dit le
» colonel; je verrai M. de Léonelle, j'ar-
» rangerai cela. Quant au prix, ce sera
» deux mille neuf cents francs. C'est ce
» qu'il a payé le cheval. Vous comprenez
» bien que M. de Léonelle n'a pas voulu
» faire une affaire. Il a vu que je vous
» connaissais; il y a mis de la déférence;
» il a saisi avec empressement l'occasion
» d'être agréable à son colonel... Main-
» tenant vous pouvez très bien, dans une
» quinzaine de jours, lui faire une poli-
» tesse, l'inviter à dîner. Très probable-
» ment il refusera; c'est un sauvage, un
» loup. Il ne va nulle part, il s'enferme
» le soir pour travailler, en dehors du
» service, pour son compte personnel, par
» plaisir...

» Les choses ont été ainsi entendues.
» Refusera-t-il ? je ne crois pas. Et n'était-
» ce que pour être agréable à son colonel ?...
» Je ne le crois pas non plus... »

— « *Samedi 7 juin*. Nous descendions de
» cheval à huit heures et demie dans la
» cour du quartier. Le colonel vient à moi,
» me remercie de mon obligeance ; il croit
» que c'est à cause de lui que j'ai consenti
» à... La question du prix est réglée en
» deux phrases, et le colonel ajoute : — Je
» crois bien qu'on vous invitera à dîner
» dans une quinzaine de jours, mais n'ayez
» pas peur ; vous pourrez refuser. J'ai dit
» que vous étiez un loup, un sauvage.
» Mais, mon colonel... — Est-ce que ce
» n'est pas vrai ? Vous refusez toutes les
» invitations. — Je ne refuserais peut-être
» pas celle-là, mon colonel. — Tiens, tiens,
» est-ce que je n'aurais pas compris ? Vous
» donnez au prix coûtant un cheval qui
» valait au bas mot deux cents louis et dont

» vous aviez tout d'abord déclaré ne pas
» vouloir vous défaire. Eh! eh! elle a de
» jolis yeux, la blondinette. — Eh bien! là,
» oui, mon colonel; je vous avouerai que
» je la trouve délicieuse!

» Cela m'échappa... Le plaisir de parler
» d'elle... Avoir Picot pour unique confi-
» dent, c'était un peu dur!

» On vient chercher le colonel pour le
» rapport du samedi. Pendant que le chef
» d'escadrons de semaine rendait compte
» des gros événements de la veille : *Telle*
» *jument a reçu un coup de pied; tel*
» *homme a manqué à l'appel du soir, tel*
» *cheval a été mordu*, etc., etc., pendant ce
» temps, le colonel me regardait d'un air
» goguenard, en tortillant sa grosse mous-
» tache grise. Après le rapport, il s'en est
» allé, et, en passant près de moi, il m'a
» dit : — Voyez-vous ça, ce jeune sauvage
» qui est en train de s'apprivoiser et qui
» vend ses chevaux... par amour!

» C'est un excellent homme, le colonel, » mais horriblement bavard. Mon secret sera » bientôt le secret de tout le régiment. »

— « *Samedi 7 juin.* C'est affreux! La » nuit dernière, en rêve, je l'ai vu! Oui, » voilà où j'en suis! Si M. Gambetta est » mêlé à ce rêve, c'est que la veille, pen- » dant le dîner, on avait tout le temps » parlé de lui.

» Donc, M. de Léonelle était général en » chef... Il commandait toute l'armée fran- » çaise; il remportait une grande victoire. » M. Gambetta venait le trouver et lui » disait : — Vous avez été Bonaparte; » soyez Napoléon!

» M. Gambetta voulait lui mettre une » couronne sur la tête; mais alors, lui, » avec une admirable modestie, répondait : » — Non, non, Bonaparte me suffit; Napo- » léon, je n'y tiens pas...

» Et M. Gambetta répliquait : — J'aime » autant ça, je garde le pouvoir...

» Est-ce bête, les rêves, et est-ce bête
» d'écrire des choses pareilles!...

» Dans la journée, j'ai monté Jupiter.
» Toujours la même merveille. Lui ne
» paraît pas, par discrétion, j'en suis sûre.
» Le soir, après dîner, réapparition du
» colonel. Maman, en l'entendant annoncer,
» a fait une petite grimace qui voulait
» dire : — Quoi! encore ce militaire!

» Le colonel nous dit que l'affaire de Jupi-
» ter est arrangée, à deux mille neuf cents
» francs... Et puis je le vois qui tourne et
» manœuvre de façon à emmener papa
» fumer un cigare dans le jardin. Un quart
» d'heure se passe. Maman s'impatiente :
» — Ah çà! qu'est-ce que ton père peut
» faire avec ce colonel? Il va s'enrhumer,
» il était nu-tête. Porte-lui donc un cha-
» peau et tâche de le faire rentrer. — Oui,
» maman...

» J'arrive dans le jardin... J'entends cette
» phrase prononcée par le colonel : *C'est*

» *une perle, je vous dis, c'est une perle*... et
» puis un : *Chut! prenez garde!* On change
» de conversation. Ah! c'est trop fort. Est-
» ce qu'il aurait déjà fait demander ma
» main *hiérarchiquement* par son colonel?
» Est-ce ainsi que cela se passe dans la
» cavalerie? Ce serait aller un peu vite!
» Après une seule entrevue, dans laquelle
» il n'a été question que de foin, de paille
» et d'avoine!

» Le colonel et papa sont rentrés dans
» la maison. Le colonel est parti. Papa avait
» l'air préoccupé. A onze heures, quand je
» l'ai embrassé, avant de monter dans ma
» chambre, il m'a pris les deux mains et il
» m'a dit : — Tu es contente du cheval de
» ce monsieur?... J'ai répondu : — Oh oui,
» papa... Si tu savais, mon cher Jupiter, je
» l'adore!... Je l'adore!!

» Je crois que j'ai dit cela avec trop de
» feu, trop de passion. A tout instant, j'ai
» peur de me trahir. Quand je parle de son

» cheval, il me semble que je parle de lui!
» Et la *perle*, qui est-ce, *la perle?* Lui ou
» moi?... ou Jupiter? » C'est tout... A toi.

— « *Dimanche 8 juin*. Je reçois ce matin
» cette lettre de ma sœur : *Je n'en peux*
» *plus. J'ai passé ces deux jours à faire qua-*
» *rante visites. Je m'arrangeais pour glisser*
» *partout dans la conversation cette petite*
» *phrase : Ne connaissez-vous pas, par*
» *hasard, une famille Lablinière? J'ai obtenu*
» *cinq ou six réponses. Toutes admirables.*
» *Des gens parfaits. Pas mal d'argent, ce*
» *qui ne gâte jamais rien, mais de l'argent*
» *très correctement gagné. Sur la jeune fille,*
» *un seul cri : C'est un ange! Allez donc*
» *de l'avant, mon capitaine, si le cœur vous*
» *en dit.*

» Je reste stupéfait! Cela se voit donc
» que je suis amoureux? Ma sœur s'en est
» aperçue. A six heures, petite lettre du
» père. On m'invite à dîner pour mercredi
» prochain, mercredi 11. Le colonel m'avait

» dit : *Dans une quinzaine.* Faut-il répondre » tout de suite ? Non, demain seulement. »

— « *Dimanche 8 juin.* Ce matin, de bonne » heure, je descends. Le facteur venait de » passer. Il y avait un paquet de lettres sur » le plateau, dans l'antichambre. Y en a-t-» il pour moi? Non, mais en voici une pour » grand'maman. Une lettre administrative » avec un gros cachet rouge; sur ce cachet, » je lis : *République française. Ministère de » la guerre. Direction du personnel.* Penser » que ma destinée est là, dans cette lettre! » car, j'en suis sûre, elle a demandé des » renseignements, grand'maman, elle a de-» mandé des renseignements. Un domestique » vient à passer. Je me sauve comme une vo-» leuse. Dix heures. Grand'maman doit être » réveillée. Elle a dû lire sa lettre. Je monte » chez elle : — Ah! te voilà, petiote!...

» Elle paraît toute guillerette, grand'-» maman; elle m'embrasse très tendre-» ment, plus tendrement qu'à l'ordinaire.

» Oh! elle est contente, grand'maman!
» Cela se voit rien qu'à sa façon de m'em-
» brasser ce matin. La lettre de ce général
» lui a fait plaisir...

» C'est aujourd'hui dimanche; papa n'est
» pas allé à Paris. Après déjeuner, grand'-
» maman lui dit : — J'ai à vous parler. —
» Tiens, moi aussi...

» Ils vont tous les deux dans le fumoir.
» Pourquoi grand'maman va-t-elle dans le
» fumoir? Je gagerais qu'elle fait lire à
» papa la lettre de ce général...

» Elle est patriote, grand'maman. Bien
» souvent je lui ai entendu dire qu'il n'y a
» pas de plus noble carrière que l'armée...
» et que les mères sont coupables qui, par
» égoïsme, empêchent leurs filles d'épouser
» des soldats. Grand'maman a horreur de
» ces messieurs dont tout le mérite consiste
» en ceci : tuer beaucoup de pigeons au
» printemps et beaucoup de faisans en au-
» tomne; tandis que maman, elle, a une

» secrète tendresse pour les jeunes gens
» qui ne font œuvre de leurs dix doigts, en
» dehors du susdit massacre de pigeons et
» de faisans. Continuellement, à ce sujet,
» maman et grand'maman se disputent.

» Enfin, la journée se passe. Au milieu
» du dîner, papa dit avec une sorte de né-
» gligence : — Il a été véritablement très
» aimable, ce jeune officier ; je l'ai invité à
» dîner pour mercredi prochain. — Pour
» mercredi ! s'écrie maman... A quoi bon
» tant de hâte ?... Si tu te mets à attirer
» ici tous ces militaires !... Celui-là est
» charmant, je l'accorde, mais il en amè-
» nera d'autres... Notre maison va devenir
» une caserne, un camp !... »

— « *Lundi 9 juin*. Je deviens stupide.
» J'ai mis une heure, ce matin, à écrire
» les huit petites lignes de ma lettre pour
» accepter cette invitation. J'ai recommencé
» dix fois, vingt fois, et, à peine ma lettre
» partie, je me suis souvenu que j'avais

» mis deux fois le mot *plaisir* dans ces » huit malheureuses lignes. »

— « *Lundi 9 juin.* Il a accepté! Nous » déjeunions ce matin; les fenêtres de la » salle à manger ouvrent sur la cour... » Tout d'un coup maman s'écrie : — Bon! » encore un soldat qui rôde là, dans la » cour!...

» Je regarde et cette phrase m'échappe : » — Ah! c'est Picot!

» Alors il fallait voir maman, il fallait » l'entendre! — C'est le comble! voilà que » Jeanne maintenant sait les noms de » tous ces soldats! — D'un seul, maman, » d'un seul... C'est celui qui, l'autre jour, » a amené Jupiter...

» Grand'maman a eu un accès de fou » rire... Comme elle est gaie, grand'ma- » man!... Ce matin, dans l'escalier, elle » chantait! Devaient-ils être bons, les ren- » seignements donnés par ce général!...

» Après le déjeuner, je me suis emparée

» de *sa* lettre... Comme elle est élégante
» dans sa simplicité! La voici textuelle-
» lement : *Monsieur, j'ai reçu l'invitation*
» *que vous m'avez fait l'honneur de m'adres-*
» *ser pour le mercredi 11 juin. Je l'accepte*
» *avec le plus grand plaisir et la plus grande*
» *reconnaissance. J'ai appris avec beaucoup*
» *de plaisir que mademoiselle votre fille était*
» *contente du cheval... Daignez agréer, mon-*
» *sieur, l'assurance de mes sentiments respec-*
» *tueux.* »

» C'est exprès, j'en suis bien certaine,
» qu'il a répété deux fois le mot *plaisir*...
» Il savait que je verrais sa lettre... Il
» tenait à bien appuyer sur cette idée-là. »

— « *Mardi 10 juin*. Je dîne demain chez
» elle. »

— « *Mardi 10 juin*. Il dîne ici demain. »
Et nous arrivons au grand jour du dîner. A toi le récit du dîner.

— Veux-tu m'en croire? ma Jeannette... Restons-en là pour aujourd'hui... Et d'abord, regarde donc un peu quelle heure il est.

— Oh! deux heures du matin!

— Oui, deux heures du matin! C'est déjà une bonne raison pour nous en tenir là... Ce n'est pas la seule... Je crois qu'à partir de maintenant nos écritures vont devenir terriblement monotones. Ce sera de l'amour, et encore de l'amour, et toujours de l'amour! Il n'y aura plus que cela dans nos petites notes... dans les miennes, au moins.

— Dans les miennes aussi.

— Et de l'amour comme tout le monde, de l'amour avec la liberté de nous voir, de l'amour avec la liberté de nous parler... Dès que j'ai pu te regarder de tout près, le beau mérite de t'avoir vue telle que tu étais, telle que tu es, c'est-à-dire la plus jolie et la meilleure de toutes les femmes! Le beau mérite de t'avoir aimée! Non, vois-tu, ce qui a été rare et délicieux dans notre roman, c'est son début. Nous nous sommes aimés en quelque sorte d'instinct, à distance, à première vue, sans avoir besoin de nous parler ni de nous connaître. Tout de suite, quant à moi, à travers tes yeux, j'ai lu dans ton âme. Depuis le 11 juin, le jour du dîner, jusqu'au 17 août, le jour du mariage, nous avons échangé bien des paroles et bien des paroles; nous nous sommes dit de bien douces et de bien gentilles choses; mais jamais, ma Jeannette, jamais il n'y eut entre nous de conversation plus tendre, plus passionnée, que cet absurde dialogue, dans la cour, près de l'écurie, devant Jupiter et Picot. J'ai été pris ce jour-là d'une telle émotion que j'ai senti que c'en était fait à jamais de ma destinée. Je suis sorti de cette petite cour de la rue des Arcades avec la certitude que tu serais à moi et que ma vie entière se passerait à tâcher de te rendre heureuse... Il y a bientôt deux ans de cela... Jusqu'à présent, mon amour, ai-je réussi?

— Oh ! oui, mon ami. Oh ! oui !...

Elle n'était plus sur le petit pouf... Elle était sur ses genoux... Et, laissant de côté les petits cahiers, ils ne lurent pas plus avant ce soir-là.

FIN

TABLE

PARIS. — IMP. SOC. ANN. PUBL. PÉRIOD. — P. MOUILLOT.

Paris. — Imprimerie Ph. Bosc, rue Auber